MONTESQUIEU,

POËME.

MONTESQUIEU,

POËME

En Dix Chants,

Par Honoré DUMONT,

Employé au Bureau principal des Douanes, à St = Valery=sur=Somme.

En étudiant les lois, pour n'être que président-à-mortier du parlement de Bordeaux, Montesquieu se sent appelé à être le Législateur des Nations : il n'a guère fait que trois Ouvrages, et aucun des trois ne semble apprécié lorsqu'on a dit : ce sont trois chefs-d'œuvre. On croit sentir dans ces compositions, comme dans beaucoup de pages de Tacite, quelque autre art que celui de penser et d'écrire. (*Mémoires historiques*, par M. GARAT, tome I.)

ABBEVILLE,

DE L'IMPRIMERIE DE H. DEVÉRITÉ, LIBRAIRE.

M DCCC XXIV.

A Sa Seigneurie

MONSEIGNEUR LE DUC DE PLAISANCE,

PAIR DE FRANCE,

Grand'Croix de l'Ordre Royal de la Légion d'Honneur, Grand'Croix de l'Ordre Royal de l'Aigle d'Or de Wurtemberg, Membre de l'Académie Royale des Inscriptions & Belles-Lettres.

Monseigneur,

La première ame généreuse que je trouvai, en entrant dans le monde, ce fut la vôtre. Je vis en vous un illustre compatriote, qui daigna s'intéresser à moi, me rendre service ; et j'obtins, sur sa recommandation, après peu de mois de noviciat, un emploi assez avantageux. Si mon avancement a été ensuite bien inférieur à celui de plusieurs personnes que vous avez fait entrer dans la même carrière, c'est que je me suis contenté de votre estime, et que je n'ai pas su mettre à profit les circonstances. Mais je ne le cède à aucun en sentimens de gratitude, et je sais parfaitement apprécier aussi le bonheur que j'ai d'avoir acquis la bienveillance d'un homme si éminent.

Quand un régime réparateur vint succéder aux désordres de l'anarchie, vous fûtes tiré de votre solitude, Monseigneur, pour être un des premiers membres du Gouvernement ; et dans les hautes dignités de Consul et d'Archi-Trésorier, dont vous avez été successivement revêtu, vous avez puissamment contribué à la prospérité de l'État. La Ligurie et la Hollande, qui, faisant alors partie de la France, vous ont eu

pour Gouverneur-général, ont béni votre admi-
nistration.

Si les destinées des peuples, Monseigneur,
ont constamment excité votre grande sollicitude,
l'avantage particulier des citoyens a toujours
fait l'objet de votre vif intérêt. Dans la classe
manufacturière et commerçante, combien de famil-
les vous doivent leur subsistance et leur bien-
être! Dans les administrations, combien de personnes tiennent de vous un sort fortuné!

On trouve réuni en vous, Monseigneur,
tout ce qui est le plus digne d'estime,
de respect et d'amour. On y voit cette noble
simplicité de manières qui est le partage du plus
rare mérite; cette bonté, cette affabilité qui
gagnent les cœurs; ces vues d'ordre et d'économie qui seules peuvent assurer la félicité des nations, comme le bien-être des individus; cette
modération de principes, cette sagesse de caractère, qui constituent l'homme véritablement ami
de sa patrie.

Tout ce qui est le plus digne des goûts d'une ame vraiment noble et éclairée, Monseigneur, entre dans vos penchans. Dans vos loisirs, vous avez cultivé les lettres avec beaucoup de succès. Le plus grand poète de l'antiquité et le plus grand poète de l'Italie moderne ont été par vous naturalisés dans notre langue. Vous avez su conserver le véritable caractère de leur élocution, de leur esprit, de leur génie. Votre plume a cette pureté, cette concision, cette force, cette noblesse et cette harmonie qui distinguent les plus grands écrivains.

Je dois croire, Monseigneur, que Dieu n'a mis dans mon ame le goût des lettres qu'afin que je ne m'en servisse qu'à célébrer les personnages les plus dignes d'être loués. Il y a long-temps que mon faible talent s'efforce de rendre à Montesquieu l'hommage que lui a voué mon admiration. Quoique je sache bien que mon travail est loin d'être parfaitement digne d'un si grand homme, je ne peux différer davantage à mettre cet Écrit

au jour ; et, pour satisfaire à ma reconnaissance,
j'ose, Monseigneur, vous offrir la dédicace
de cette première Édition.

Puisse, Monseigneur, la manifestation des sentimens que j'exprime ici ne pas vous déplaire !

Je suis avec un très-profond respect,

Monseigneur ,

De votre Seigneurie ,

Le très-humble et très-
obéissant Serviteur,
DUMONT.

MONTESQUIEU.

Chant Premier.

Salut, ô ma Patrie, ô Royaume de France !
Tout l'univers te doit de la reconnaissance,
Puisqu'est né dans ton sein l'illustre Montesquieu.
C'est une heureuse époque, un grand bienfait de Dieu.
L'inestimable ouvrage émané de son ame
Éclaire les États d'une céleste flamme.
C'est le Code vivant des droits du genre humain,
La sainte Liberté l'écrivit de sa main.
Qui pourrait définir le suprème avantage
Qu'apporte au monde entier cet immortel ouvrage ?

Chef-d'œuvre du génie, auguste Esprit des Lois,
Qui dois être à jamais le manuel des Rois,
Combien nous t'admirons dans ton sujet immense,
Tout rempli de clarté, tout brillant d'éloquence !
Comment t'analyser, où te peindre en mes vers ?
Dans ton vaste tableau tu comprends l'univers.

Tes sublimes leçons, dans nos temps anarchiques,
N'ont pu nous préserver des fautes politiques.
Hélas ! des passions aveuglement fatal !
Oui, le cœur des mortels s'attache trop au mal ;
Il enfante toujours des projets téméraires,
Et veut réaliser de funestes chimères ;
Il ne sait discerner, parmi ses volontés,
L'amour de la raison du goût des nouveautés.
Les exemples qu'on doit aux grandes conjonctures,
Trop souvent sont perdus pour les races futures.

O Montesquieu ! tes vœux s'expliquent par ta voix :
Tu voulais qu'on aimât sa patrie et ses lois ;
Tu voulais qu'on chérît ses devoirs et son Prince,
Et qu'on vécût paisible au fond de sa province ;
Tu voulais préciser les obligations
De ceux de qui dépend le sort des nations ;
Tu voulais enseigner la sage obéissance
Aux peuples que les Rois rangent sous leur puissance ;
Tu voulais que chacun se regardât heureux
Sous le gouvernement légué par ses aïeux ;
Et que, content du poste où le destin le place,
L'homme aimât du repos l'avantage efficace.
Prévoyant le danger des innovations,
Tu craignais d'ébranler les institutions ;
Et de l'esprit humain, connaissant la tendance,
Tu voulais limiter sa funeste inconstance,
Afin de maintenir les bons gouvernemens.
Les mortels qui pourront offrir des changemens,

Tu veux qu'ils soient doués d'une raison mûrie,
Qui juge sainement les maux de la patrie;
Que leur sagacité, par sa prompte action,
Pénètre de l'état la constitution.

  Jamais on ne saurait trop chérir les lumières :
Elles dissiperont toutes erreurs grossières.
Il est très-important qu'un peuple soit instruit,
Car le bonheur public en est toujours le fruit.
Éclairer les mortels est un bienfait suprême ,
C'est le noble conseil de la sagesse même.
La raison ne peut point faire entendre ses lois ,
Si partout l'ignorance ose étouffer sa voix.
Puisque l'instruction peut adoucir les hommes,
Qu'elle soit en honneur chez tous tant que nous sommes!
Les magistrats ont-ils d'absurdes préjugés,
La nation d'abord les avait partagés.
On ne doute de rien dans un temps d'ignorance ,
On fait les plus grand maux avec pleine assurance.
Dans un temps de lumière, avec tout ses moyens,
On tremble alors que même on fait les plus grands biens.
Si des anciens abus on sent la conséquence,
On voit ce qui pourrait en corriger l'essence;
Mais, quoiqu'on puisse agir avec précaution ,
L'on voit tous les dangers de la correction.
L'on ne va qu'à pas lents au but que l'on désire,
Craignant , par trop d'ardeur, de se laisser séduire.
On laisse donc ainsi se prolonger le mal ,
Si le remède on craint qu'il ne soit plus fatal.

On laisse aussi le bien , sans plus de latitude ,
Si le mieux ne présente aucune certitude.
Chaque partie est vue , afin de mieux juger
L'ensemble que l'on veut alors envisager.
Et tous les résultats on cherche à les connaître ,
Pour voir de quelle cause ils peuvent chacun naître.
On approfondit tout avec discernement ,
Et jamais on n'agit trop précipitamment.

Voilà de Montesquieu les profondes maximes.
Combien la politique éviterait de crimes ,
Si chaque nation , si tous les gouvernans
Savaient mettre à profit ces principes constans !
Bienfaiteur des mortels , ce personnage illustre
Ajoute à sa patrie un véritable lustre.
Oui, toutes les vertus, par un accord heureux ,
Ont voulu seconder ses efforts généreux.
L'humanité jamais ne trouva sur la terre
Un cœur plus magnanime , un plus grand caractère.
Ainsi de ce grand homme elle emprunte la voix
Pour donner aux états d'impérissables lois.
La sagesse profonde à lui s'est révélée ;
L'expérience humaine à lui s'est dévoilée ;
La vérité , si chère , et la raison , sa sœur ,
Du fruit de tous les temps l'ont rendu possesseur.

Il éclaircit des lois l'étude alors obscure ;
Il sut les rapprocher des lois de la nature.
Son esprit dominait un merveilleux savoir :
De tout approfondir il faisait son devoir.

La méditation étendant sa pensée,
Quelle vaste carrière il a donc embrassée!
Et du corps politique, exact observateur,
Le monde eut-il jamais un tel contemplateur?
Pénétrant des États l'étonnant mécanisme,
Il confondait ainsi l'absurde fatalisme,
Qui fait dépendre tout de l'aveugle hasard,
Et prétend que d'un Dieu rien n'obtient le regard.
　　D'un vol majestueux, planant sur chaque empire,
C'est à les éclairer que sa grande âme aspire.
La science des lois, l'art des gouvernemens,
Rassemblent devant lui leurs nombreux élémens.
De chacun d'eux, alors, il fait voir l'influence;
Il saisit, il distingue, avec toute évidence,
Et leur analogie et leur diversité.
Combien est grande enfin sa perspicacité!
Leurs liens si secrets, et presque imperceptibles,
A ses regards perçans se sont rendus visibles.
Il analyse tout, il démontre à la fois
Les principes, les nœuds, les effets et les lois.
Tous les ressorts cachés son esprit les explique.
La législation, comme la politique,
Reçoivent de ses mains un charme tout puissant.
　　La Vérité lui doit son règne triomphant:
Combien avant cet homme elle était méconnue!
Vers elle il sait ouvrir une route inconnue,
Un sentier doux et sûr, et nous fait parvenir
A son temple sacré, qui ne peut point périr.

Il sème sur ses pas mille fleurs immortelles,
Tout s'embellit par lui de couleurs éternelles.
Avec quelle constance il suivait ses desseins,
Qu'il savait précieux au bonheur des humains!
Les plus graves objets, énoncés par sa bouche,
Ont un vif intérêt, un attrait qui nous touche.
Du feu sacré des lois, digne conservateur,
Combien est fécondant son esprit créateur!
En puisant les lois dans des sources nouvelles,
Il en a fait jaillir des clartés bien fidèles,
Dont la lumière enfin guidant les nations,
Leur fait apprécier leurs institutions ;
Leur fait régénérer ce qui tombe en souffrance,
Et donner à l'ensemble et force et consistance ;
Leur fait suivre bien mieux les droits de l'équité,
Pour accorder leurs lois avec l'humanité.

Éloquent Écrivain, poétique génie,
Le mètre manque seul à ta belle harmonie,
Pour que ton style soit ce langage des dieux
Qui frappe notre esprit de sons mélodieux.
Dans tous ses sentimens ton cœur est magnanime;
Sans ostentation tu te montres sublime ;
Tu sais penser beaucoup, mais sans t'appesantir;
Tu ne dissertes pas, et tu fais tout sentir.
Avec vivacité, ton ame sait tout peindre;
A la perfection ta plume sait atteindre.
J'ai très-souvent recours à tes expressions,
Quand je veux retracer les institutions.

Sans paraître enseigner, tu voulais nous instruire ;
Et, cet effet heureux, on te le voit produire.
Tout attache, tout plaît, tout sait nous enchanter,
Dans cet écrit profond, que vinrent te dicter
Les Muses, par ta voix ardemment invoquées.
Ces lois des nations, par ta bouche expliquées,
Viennent intéresser puissamment le lecteur,
En offrant à son ame un charme séducteur.
Oui, tu fus exaucé de ces vierges célestes :
Sublime Esprit des Lois, partout tu nous l'attestes.
Illustre Montesquieu, ton cœur eut le désir
D'embellir la raison des attraits du plaisir,
La raison, le plus grand, le plus noble avantage
Que la bonté des cieux donne à l'homme en partage :
Et le plaisir toujours fit aimer tes écrits,
Admirés en tout lieu des plus savans esprits.

Muses, filles du ciel, répandez dans mon ame
Quelques-uns des rayons de cette pure flamme
Dont Montesquieu, par vous, se sentit inspiré :
Mon esprit vous appelle, afin d'être éclairé.
Ma tâche est de choisir, dans un ouvrage immense,
Des vérités, pour tous, d'une haute importance.
Quand j'ôte à Montesquieu son langage enchanteur,
Je cherche à conserver son exquise couleur.
Faites que mes accens puissent vivement plaire,
Qu'ils aient de la vertu l'aimable caractère.
Faites que Montesquieu, du céleste séjour,
Jette sur mes travaux quelque regard d'amour ;

Et que la vérité, la raison, l'harmonie,
Flétrissent dans mes vers l'affreuse tyrannie.
Préservez mes discours de l'exaltation ;
Faites aimer par moi la modération,
Cette douce vertu, dont l'effet est si sage
Que notre auteur en fit le but de son ouvrage ;
De son plus vaste écrit, cher à tout l'univers,
Puisqu'il sait embrasser tous ses peuples divers.

Montesquieu, ton début révèle une grande ame !
Quels principes humains ta noble voix proclame !
Ton caractère est peint en ton premier écrit ;
La force, l'énergie, animent ton esprit.
Une franchise aimable excite ta pensée,
On voit qu'à la vertu ton ame est exercée.
Tu connaissais dès-lors les droits des nations,
Tu méditais déjà leurs institutions.

Quel charme délicat dans tes Lettres Persanes !
Combien il embellit tes peintures profanes !
La volupté prépare à ces beaux sentimens
Qui font de ton travail les nobles élémens.
Le siècle avait besoin de ce brillant ouvrage,
Qui vint de la grandeur lui rappeler l'image,
Qui vint, sous le dehors de la frivolité,
Lui donner des leçons de la moralité.
Philosophe attrayant, et satirique aimable,
Observateur profond, écrivain admirable,

Tu préludes alors à ces grands monumens ;
De ta solide gloire éternels fondemens.
La chaleur, la clarté, la douceur, la finesse ;
Tu sais les allier à la délicatesse.
Ton style est si coulant, si pur, si naturel !
Il est semé partout d'agrémens et de sel.
Ce style est si serré, si rempli de pensées,
Qu'il semble contenir moins de mots que d'idées.
Il est riche, abondant, mais sans prolixité ;
Il est concis, nerveux, mais sans aridité ;
Il est facile et simple, il offre l'élégance,
Unie aux brillans traits de la haute éloquence.
Un cadre ingénieux n'est là que pour orner
Les sublimes tableaux que tu sais crayonner.
L'univers comparaît dans ce charmant ouvrage ;
Et de ses mouvemens vient rendre témoignage.
Tu captives l'esprit, en enchantant le cœur ;
Tu sais tout animer de ton feu créateur.
Ton livre servirait à réformer le monde ,
Tant il offre aux humains de sagesse profonde.
    Dans un livre agréable et rempli d'enjoûment,
L'esprit se sent frappé d'un doux étonnement,
De trouver, sans effort, la seule nourriture
Qui puisse convenir à sa noble nature.
L'instruction se grave avec facilité,
Quand elle est présentée avec tant de clarté :
Le plaisir vient mener à l'utile science ,
Et nous en conservons la profonde influence.

Sans travail, sans fatigue, on découvre à nos yeux
Les grands évènemens qui sont nés sous les cieux.
Montesquieu, tu nous fais, par ton puissant génie,
Parcourir aisément une course infinie.
La plus saine critique éclaire ta raison ;
Tu fais de grands objets la plus ample moisson.
Les principes féconds, toujours tu les invoques;
Tu viens nous retracer les plus grandes époques.
Tous les âges du monde, à nos yeux présentés,
Versent dans nos esprits d'admirables clartés.
Les fastes de l'histoire en tes mains se déroulent,
Les révolutions devant nous en découlent.
La population, le commerce, les arts,
La force de l'esprit, ses progrès, ses écarts,
La guerre, la conquête et le droit politique,
La moderne raison et la sagesse antique,
Les nobles fondemens de l'ordre social,
De chaque état aussi l'intérêt spécial,
Et la religion, les mœurs, la tolérance :
Tout fait briller ici ta solide science.
Dans ces faits si majeurs, que tu viens nous citer,
Tout porte à réfléchir, tout porte à méditer.
Rien n'est plus lumineux que ces nobles pensées,
Que par ta bouche on voit dignement professées;
C'est là qu'un zélé pur fait entendre sa voix,
C'est là que des mortels on défend tous les droits.
    Moraliste profond, ingénieux, aimable ,
Tu fais de nos travers un tableau véritable.

Quel charme naturel éclate en cet écrit !
Quelle vivacité dans tous ce qu'il décrit !
Comme il dépeint nos mœurs, nos goûts, nos ridicules,
Et notre caractère éloigné de scrupules ;
Nos préjugés nombreux, notre futilité,
Notre présomption dans la société ;
Notre impudente audace à tromper et séduire
Un sexe que chez nous la douceur vient conduire ;
Notre indiscrétion, pleine de vanité,
Qui nous fait divulguer notre infidélité ;
Et notre effronterie à nous faire un trophée
D'avoir porté le trouble au sein de l'hyménée ;
Notre cruel plaisir à vouloir alarmer
L'objet dont tous nos soins ont su nous faire aimer ;
Notre excessif orgueil au sein de la fortune,
Et qui souvent décèle une ame bien commune ;
Notre injuste mépris pour la profession
Dont nous ne faisons pas notre occupation ;
Notre fureur d'écrire, avant que la pensée
A mûrir notre esprit ne se soit exercée ;
Notre amour de l'éclat, notre légèreté,
Notre penchant si vif pour toute nouveauté ;
Notre asservissement aux caprices des modes,
Qui souvent sont pourtant bizarres, incommodes ;
Nos disputes sans fin sur la religion,
Mais qui ne naissent pas de la dévotion ;
Tout l'ascendant qu'obtient un sexe trop volage,
Et qui veut dispenser la palme du courage ;

Notre culte constant pour l'aveugle faveur ;
Notre admiration pour la fausse grandeur ;
Le succès qu'a chez nous la charlatanerie,
Alors que ses effets ruinent la patrie ;
L'ennui qui toujours suit nos divertissemens ;
Tout ce que nous faisons pour perdre nos momens ;
Et notre badinage en toute circonstance
Où l'on traite d'objets d'une haute importance ;
Et notre sérieux dans toute occasion
Qui ne mérite pas la moindre attention ;
Et le peu de succès du mérite modeste,
Où l'exaltation partout se manifeste ;
Tout ce qu'en France obtient la médiocrité,
Où l'on voit échouer l'esprit, l'habileté ;
Parmi nous l'inconstance érigée en principes :
Vaine fatuité d'elle tu participes !
— Tu procèdes en nous de cet esprit léger
Qui nous porte à vouloir incessamment changer.

FIN DU CHANT PREMIER.

MONTESQUIEU.

Chant Second.

MONTESQUIEU.

Chant Second.

Le principal héros de ce livre estimable ,
Qui fait goûter à l'ame un charme inexprimable ,
C'est Usbek ; il possède un goût bien épuré,
Un magnanime cœur , un esprit éclairé.
Il a voulu quitter les lieux qui l'ont vu naître ,
Pour observer l'Europe , afin de bien connaitre
Ce qui peut d'un Etat augmenter la splendeur,
En éclairant le peuple , et fondant son bonheur.

D'une douleur secrète il sent son ame émue,
Quand la Perse a cessé de s'offrir à sa vue ,
Et qu'il est au milieu des sectateurs d'Omar,
Qui du prophète Hali détestent l'étendard.
Ses amis , sa famille et sa belle patrie
Présentent à son cœur leur image chérie;
Sa tendresse renaît à ce doux souvenir ,
Et toujours sa pensée aime à l'entretenir.

C'est le premier Persan que l'amour des sciences
Porte à chercher au loin leurs doctes influences.
La sagesse, qu'il veut pleinement acquérir,
D'un sentiment jaloux ne peut point le guérir.
Pour ses femmes il n'a que de l'indifférence,
Et pourtant il ne peut supporter leur absence.
L'inquiétude agit sur son cœur attristé,
Des plus fâcheux soupçons il se trouve agité.
Il a mille regrets, et son ame envisage
Qu'il a trop entrepris, par un si long voyage.
Il croit voir son sérail méconnaître ses lois,
Il doute des gardiens dont lui-même a fait choix ;
Ces nombreuses beautés qu'il laisse dans la Perse,
Il craint qu'à l'oublier leur penchant ne s'exerce ;
Son cœur est dévoré de chagrins, de soucis ;
Il appréhende enfin de funestes récits.
    Il commence à former une correspondance
Avec plusieurs amis, dont il voit la constance ;
Et d'Ispahan bientôt l'un d'entre eux lui fait part
De ce qu'en cette ville on dit de son départ :
Les uns l'attribuaient à la mélancolie,
D'autres croyaient là voir un genre de folie.
A le défendre alors ses amis attentifs,
Montraient qu'il agissait par de sages motifs ;
Mais la prévention ne pouvait les comprendre :
D'elle il ne faut jamais de justice en attendre.
    Usbek informe donc son cher ami Rustan
Des raisons qui l'ont fait s'éloigner d'Ispahan,

» Je m'étais bien douté, dit-il, que mon voyage

» De mes concitoyens n'aurait pas le suffrage ;

» Mais je m'en suis pourtant inquiété fort peu,

» Dédaignant d'obtenir un inconstant aveu.

» Que faut-il que je fasse, en pareille occurrence ?

» Des ennemis que j'ai suivrai-je la prudence,

» Ou bien dois-je écouter celle qui me prescrit

» De veiller sur mes jours, et d'orner mon esprit ?

   » Je parus à la cour dès ma tendre jeunesse,

» Et j'y sus résister aux traits de la mollesse,

» Excité seulement par la sincérité,

» Jusqu'au trône je vins porter la vérité.

» Alors la flatterie en fut déconcertée ;

» Et, par cette conduite étrange, inusitée,

» J'étonnai là l'idole et ses adorateurs,

» Qui se plaisaient toujours aux discours séducteurs.

   » Mais ma franchise alors vint soulever l'envie,

» Qui veut que tout mortel ait une ame asservie.

» Extrêmement jaloux de tous mes sentimens,

» Les ministres craignaient mes avertissemens ;

» Et le Prince, envers moi rempli de défiance,

» Ne me témoignait pas la moindre bienveillance.

» Parmi tous ces mortels, aux caprices soumis,

» Je voyais que plusieurs étaient mes ennemis.

» Enfin, las d'habiter cette cour corrompue,

» Où ma faible vertu, sourdement combattue,

» Ne devait point compter pouvoir me soutenir,

» Je pris décidément le parti d'en sortir.

» Mais pour qu'on n'en vît point les justes conséquences,
» Je sus feindre d'avoir du goût pour les sciences :
» Puis, à force de feindre un tel attachement,
» Ce studieux amour me vint réellement.
» Je devins étranger dès-lors à toute affaire,
» Et je me retirai dans un lieu solitaire.
» Ce parti si tranquille avait quelques dangers :
» Au milieu des plaisirs de mes soins bocagers,
» Je me trouvais encore en butte à la malice
» De ceux qu'avait aigris ma haine pour le vice.
» Je m'étais presque ôté, sans trop y réfléchir,
» Les moyens qui pouvaient toujours m'en garantir.
» Mais des avis secrets, pour moi pleins d'importance,
» Vinrent de leurs complots me donner connaissance.
» Et, d'après ce qu'à moi l'on venait révéler,
» De ma patrie enfin je voulus m'exiler.
» Ayant quitté la cour, un prétexte plausible
» Me fit naître un dessein qui devint admissible :
» Je fis connaître au Roi mon désir noble, ardent,
» D'aller étudier les arts de l'Occident;
» Et je lui fis entendre aussi que ce voyage
» Pour le souverain même aurait de l'avantage.
» Il daigna me donner cette approbation
» Que venait demander ma proposition.
» Je partis, tout rempli d'un projet légitime,
» Et je sus dérober alors une victime
» Aux ennemis puissans que j'avais étonnés,
» Et qui toujours étaient à me perdre obstinés.

« Voilà le vrai motif de ma grande entreprise,
» Dont la Perse paraît si fortement surprise.
» Laisse dire Ispahan ; défends moi seulement
» Devant ceux dont tu sais que j'ai l'attachement.
» Laisse à mes ennemis leurs malignes pensées,
» Que tu vois chaque jour à me nuire empressées :
» Je me crois trop heureux que ce soit le seul mal
» Que puisse me causer leur dessein déloyal. »

Usbek approfondit la féconde industrie
Qu'il voit briller en France, au sein de la patrie :
Il dit que le travail y fait tout prospérer,
Il définit les biens qu'on le voit opérer ;
Il montre qu'il conduit souvent à la richesse,
Et qu'il ne mène point ensuite à la mollesse ;
Qu'il donne à tout Paris beaucoup d'activité,
Qui devient le ressort de la société ;

Que les arts, qui nous font goûter tant de délices,
Font fuir l'oisiveté, mère de tous les vices ;
Que le luxe qu'on voit au milieu de l'état
Ne peut avoir pour nous qu'un très-bon résultat :
Qu'il donne à nos besoins tout avec abondance ;
Et que la liberté fait naître l'opulence ;

Que le prince est puissant quand son peuple est heureux ;
Que la pauvreté rend ses sujets moins nombreux :
Que l'espèce périt, et même dégénère,
Par les privations qu'impose la misère ;

Que le commerce accroît la population,
Qui lui donne à son tour beaucoup d'extension ;
  Qu'en nous il faut avoir l'amour de la justice,
Puisque de notre vie elle est la protectrice :
Que l'équité gravée au fond de notre cœur
Empêche tout mortel d'être un spoliateur ;
  Que parmi les chrétiens, maintenant on commence
A ne plus écouter l'affreuse intolérance :
Que sagement on fait une distinction
Entre l'amour qu'on doit à la religion,
Et le zèle qu'on a pour la rendre prospère :
Que pour l'aimer, la suivre, il n'est pas nécessaire
De haïr et troubler ceux qui n'observent pas
Cette religion, consolante ici-bas ;
  Que le peuple de France est le plus sociable,
Et qu'il montre toujours un caractère aimable ;
  Que l'amour de la gloire est une passion
Pour qui tous les Français ont de l'affection :
Que ce beau sentiment en nous se modifie,
Mais que la liberté toujours le fortifie ;
  Que le grand préjugé qu'on nomme point-d'honneur,
Du respect pour les lois devient le destructeur,
Puisque l'honneur prescrit de venger toute offense
Que la justice veut peser dans sa balance.
  Qu'un état que l'on voit s'accroître immensément
S'achemine à grands pas vers l'affaiblissement ;
  Que sur la terre il n'est que deux sortes de guerres
Qu'on ne peut regarder comme étant téméraires :

Les unes pour combattre un injuste agresseur,
Les autres pour donner un secours protecteur
A quelque prince à qui l'on doit de l'assistance,
Puisqu'avec lui l'on a souscrit une alliance ;
    Que les jeux de hasard, en Europe nombreux,
Y produisent souvent des effets désastreux :
Que l'indigence affreuse, ou l'horrible homicide,
Est le funeste fruit de leur appât perfide ;
    Que bien des vérités il faut faire sentir,
Et ne pas se borner à nous les définir :
Telles sont, nous dit-il, celles de la morale,
Dont pour nous l'importance est toujours capitale :
Qu'un exemple, en effet, touche plus notre cœur
Que ne fait un précepte, avec sa profondeur ;
    Que la vertu n'est point un pénible exercice :
Qu'envers autrui toujours notre propre justice
Est un bienfait pour nous, puisqu'on s'acquitte ainsi
D'un devoir précieux, qui nous contente aussi.
    Que l'intérêt privé trouve son avantage
Dans l'intérêt public, et qu'il en est le gage ;
    Que le pouvoir suprême est toujours assuré
Quand on en fait aimer l'usage modéré :
Qu'en Europe le prince est toujours accessible,
Tandis que dans l'Asie il se rend invisible :
Qu'un monarque jamais n'aura de sûreté,
Si son pouvoir n'est pas sagement limité ;
    Que l'Empire ottoman marche à sa décadence,
Et qu'il ne se soutient que par la violence ;

Que la société ne peut plus subsister
Dès que de la justice on la voit s'écarter ;
  Qu'il faut toujours avoir en soi la modestie,
Que d'un mérite sûr elle est la garantie ;
  Que des princes l'on voit les libéralités
N'être que trop souvent des prodigalités :
Qu'envers les courtisans trop de munificence,
De leurs autres sujets vient causer l'indigence ;
  Que le gouvernement qui fait le plus de biens
Est celui qui se sert des plus simples moyens :
Qu'ainsi celui qui plaît au peuple davantage,
A la perfection la plus grande en partage ;
  Qu'un grand ministre doit, par sa propre nature,
Avoir toujours en lui la plus noble droiture :
Qu'un ministre a toujours, dans le cours de ses soins,
Les sujets de l'État pour juges , pour témoins ;
  Qu'il pense que toujours , dans la littérature ,
Les anciens sont pour nous la source la plus pure ;
  Que difficilement on peut acclimater
Les hommes qu'un État fait au loin transporter :
Qu'il ne faut point former de grandes colonies ,
Qu'elles éprouveraient des pertes infinies :
Que même , en supposant qu'on les vît prospérer,
Leur intérêt bientôt viendrait se séparer
De celui de l'État qui les aurait fondées ,
Dans l'espoir que, s'étant par lui consolidées ,
Elles ne cesseraient de reconnaître en lui
L'auteur de leur puissance et leur premier appui ;

Que d'ailleurs on a vu souvent la métropole
Opprimer ses colons pour un vil monopole :
Qu'il en est résulté tant de destructions,
Qu'elles ont même éteint de grandes nations ;
　　Que la méchanceté partout se réfugie :
Qu'on accusait jadis les savans de magie ;
Qu'à présent qu'on ne peut, par cette absurdité,
Nuire au mortel qui marche à la célébrité,
On impute à son cœur des sentimens contraires
A la religion, dont il croit les mystères :
Que s'il écrit l'histoire avec véracité,
Pour cette cause encore il est persécuté ;
Qu'il verra contre lui s'animer la bassesse,
Qu'irritera beaucoup sa force, sa noblesse ;
Qu'il sera dénoncé dès-lors au magistrat,
Comme étant ennemi des lois et de l'état ;
Qu'alors même il sera bien moins à plaindre encore
Que ces lâches auteurs, que l'intérêt dévore,
Qui trahissent leur foi pour une pension ;
Qui renversent aussi la constitution ;
Et qui, ne connaissant qu'injuste préférence,
Affaiblissent les droits de certaine puissance,
Augmentent ceux d'une autre, et vont donner aux rois
Le domaine sacré des peuples et des lois ;
Flattent les passions que l'éclat environne,
Et les vices brillans que l'on voit sur le trône ;
Font revivre des droits absurdes, surannés,
Que la saine raison a proscrits, condamnés ;

3

Affectent un cœur droit , un caractère sage ,
Pour mieux accréditer long-temps leur témoignage.

Et quels beaux sentimens Usbek fait éclater ,
Alors qu'un grand seigneur il vient de visiter !
On vantait ce Français , pour ses nobles manières :
Usbek ne voit en lui que des façons altières ;
Qu'un air si dédaigneux, si méprisant , si vain,
Qu'il se trouve choqué de ce maintien hautain,
Lequel semble insulter , par de risibles gestes,
Aux dehors peu brillans qu'ont les hommes modestes.

  « Oh ! dit-il , un tel ton , que l'on trouve éminent,
  » Ne découvre à mes yeux qu'un grave impertinent !
  » Il croit représenter mieux que personne, en France !
  » Moi , je ne trouve en lui qu'une grande arrogance.
  » Ah ! si lorsque j'étais à la cour du Sofi ,
  » Mon ame était si vaine, et mon cœur si bouffi,
  » Je ne représentais alors que la sottise ,
  » Avec qui le bon sens jamais ne sympathise !
  » Il eût fallu sans doute avoir un mauvais cœur ,
  » Pour oser insulter cent fois , par sa hauteur ,
  » Ces mortels qui venaient, par pure bienveillance ,
  » Contempler notre éclat , notre magnificence.
  » Mais ils savaient trop bien que, dans la Perse, un grand
  » Etait au-dessus d'eux , par le pouvoir, le rang ;
  » S'ils l'avaient ignoré , certes , la bienfaisance
  » Leur eût fait , chaque jour, sentir notre influence.

» Nous voulions que l'on vît aussi l'urbanité

» Se rencontrer en nous avec la dignité.

» Sans faire aucun effort pour être respectables,

» Nous voulions seulement envers tous être aimables :

» Et même, aux plus petits, pour nous communiquer,

» Notre ame devant eux cherchait à s'expliquer ;

» Au milieu des grandeurs, qui toujours endurcissent,

» Et qui toutes vertus très-souvent obscurcissent,

» Nous venions leur montrer de l'affabilité ;

» Dans nos cœurs ils trouvaient la sensibilité :

» Notre tendre intérêt d'eux se faisait entendre,

» Et jusqu'à leurs besoins ils nous voyaient descendre.

» Mais alors qu'il fallait, avec solennité,

» Du prince déployer l'auguste majesté ;

» Lorsqu'il fallait aussi, dans quelque circonstance,

» De notre nation soutenir la puissance ;

» Enfin, lorsqu'il fallait, au milieu des combats,

» Par le plus noble essor animer les soldats,

» Nous remontions cent fois plus haut que le vulgaire,

» Et l'on trouvait en nous une ardeur exemplaire :

» La grandeur imposante, en nous se faisait voir,

» Et nous faisions encore aimer notre pouvoir.

» La fierté revenait parer notre visage,

» Et donnait à nos traits l'empreinte du courage.

» Alors chacun trouvait que, par un tel maintien,

» Et par de tels effets, nous représentions bien. »

Suivons de Montesquieu la tâche intéressante,

Parcourons en entier sa carrière brillante.

Du style oriental, imitant les couleurs ;
Des Persans il nous peint les usages, les mœurs :
Nous sommes transportés aux lieux où naît l'aurore ;
Là, ce sèxe charmant, que chez nous on adore,
Dont les traits sont pour nous un spectacle enchanteur,
Est forcé de cacher leur aspect séducteur :
Un voile impénétrable y dérobe à la vue
Une figure aimable, attrayante, ingénue.
D'un visage si doux, nul ne voit les appas ;
La terreur et la mort volent devant ses pas,
Pour venir immoler soudain le téméraire
Dont le hardi regard voudrait se satisfaire.

Dans ces lieux, la beauté n'ose paraître au jour ;
Mais qui peut se cacher à tes yeux, tendre Amour ?
Tu découvres partout l'objet qui doit nous plaire,
Et qu'un tyran jaloux veut rendre solitaire ;
Les argus vigilans sont endormis par toi ;
L'on voit que tout fléchit sous ta puissante loi.
Dans un triste sérail, soumise à la contrainte,
La femme a dans son cœur l'artifice et la feinte ;
A-t-elle en ce séjour quelque inclination,
Elle satisfera sa grande passion ;
Elle sait employer la ruse et la finesse,
Afin de posséder l'objet de sa tendresse :
Voyez cette Roxane, abusant son époux,
Et le trompant, malgré les poignards, les verroux.

Tandis qu'Usbek est loin des lieux qui l'ont vu naître,
Au sein de son sérail le désordre pénètre.

Ses femmes troublent tout, par leurs prétentions,
D'où naissent à la fin bien des divisions.
Ces épouses d'Usbek n'ont plus d'obéissance,
Tout leur semble permis dans ce temps de licence.
Chacune d'elles veut sur l'autre l'emporter,
Et, du matin au soir, on les voit contester.
Celle-ci fait valoir l'éclat de sa naissance ;
De sa beauté, cette autre atteste la puissance ;
De ses richesses, l'une invoque le pouvoir ;
L'autre, de son esprit voudrait se prévaloir ;
Et de l'amour d'Usbek, une autre énorgueillie,
Prétend que devant elle il faut que chacun plie.
Ces femmes, n'ayant plus nulle soumission,
Entraînent le sérail dans la confusion.
Comment concilier ces brigues, ces cabales,
Que forme l'amour-propre entre tant de rivales ?

Usbek est informé bientôt, exactement,
Qu'on voit dans le sérail un grand relâchement ;
Que la règle sévère est là fort méconnue,
Et que ses femmes n'ont aucune retenue ;
Que l'on peut remarquer, avec facilité,
Qu'elles comptent agir avec impunité.
Le grand eunuque alors vient provoquer ses ordres,
Afin de réprimer dans ces murs les désordres :
Il demande à son maître un absolu pouvoir,
Pour que tout le sérail rentre dans le devoir.
Il faut punir, dit-il, toutes ces perfidies,
Que l'audace et le crime en ces lieux ont ourdies.

Usbek le satisfait, avec empressement,
Sans songer qu'il agit alors aveuglément ;
La fureur le soulève , et son ame égarée
Vient lui faire exercer une vengeance outrée :
Un ordre foudroyant précède son retour,
Et va sémer l'alarme en ce même séjour
Où jadis il montrait, aux objets de sa flamme,
Les transports de ses feux, la douceur de son ame.
Ses odieux agens , ministres de terreur ,
Dans ces lieux font entrer l'épouvante et l'horreur.
Charmés de la rigueur que leur maître déploie,
Ces insolens argus font éclater leur joie.
Tout tremble devant eux , tout est dans la stupeur,
En voyant les projets qu'a dictés l'oppresseur.
Pour complaire à leur maître, et venger son injure,
Deux esclaves par eux sont mis à la torture ;
Mais ce supplice affreux ne peut point découvrir
Celles qui dans ces murs ont osé le trahir.
Par de nouveaux efforts on cherche les coupables :
Deux beautés, que l'on croit fortement punissables,
Reçoivent, à leur tour, d'indignes traitemens ,
Et font tout retentir de leurs gémissemens.
L'énergique Roxane , aussi là confinée,
Paraît ne s'y trouver nullement soupçonnée.
Mais d'eunuques nouveaux, les regards pénétrans ,
Voient de chaque beauté les plus secrets penchans,
Et l'intrigue à la fin se trouve découverte.
Celle qui l'a fait naître assure enfin sa perte.

Pour la belle Roxane, ah! quel cruel moment !
Un jeune homme est surpris dans son appartement.
Il avance, voulant vendre bien cher sa vie ;
Et, par des coups nombreux, elle lui est ravie.
Roxane, furieuse, immole, en cet instant,
Ceux qu'elle a vus trancher les jours de son amant ;
Et bientôt elle écrit une lettre accablante
A l'époux outragé par sa flamme inconstante.

D'autres beautés encor, qu'anime le courroux,
Font connaître leur peine à leur commun époux.
Usbek se trouve alors au milieu de la France ;
Dans Paris il reçoit cette correspondance,
Où de la tyrannie on peint tous les excès ,
Si différens des mœurs qu'on voit chez les Français.

Son épouse Zachi, fortement indignée
De ce que les tourmens ne l'ont point épargnée ,
Vient lui manifester sa trop juste douleur,
En exprimant ainsi les chagrins de son cœur :
« Ciel! un être barbare outrage ma personne !
» Il me fait un affront dont tout mon corps frissonne.
» Combien j'en dois avoir un grand ressentiment !
» Il ose m'infliger ce cruel châtiment
» Qui vient humilier, qui ramène à l'enfance.
» Exista-t-il jamais de plus lâche vengeance ?
» Mon ame anéantie, en cet affreux moment,
» Ne pouvait qu'exprimer sa honte faiblement ;
» Mais bientôt dans ces lieux, exhalant ma colère,
» Mes cris semblaient percer ces voûtes du mystère :

» Ils auraient attendri des lions la fureur ;

» Mais ils n'ont pu fléchir une infâme rigueur.

» Alors que m'abaissant jusqu'à demander grace

» Au plus vil des humains, dont ma plume retrace

» L'horrible effronterie et les faits odieux,

» Le monstre n'en était que plus audacieux.

    » Depuis ce jour, son ame insolente et servile,

» Semble vouloir braver mon courroux inutile ;

» Et sa présence, hélas ! ses regards détestés,

» Sont un supplice encor dans mes adversités.

» Quand je suis seule, au moins je puis verser des larmes,

» Qui viennent adoucir mes cruelles alarmes ;

» Mais quand il s'offre à moi, dans ma juste fureur,

» Je voudrais l'écraser, tant il me fait horreur :

» Cette fureur, hélas ! je la trouve impuissante ;

» Alors elle devient pour moi désespérante.

    » Le tigre, dans la haine où me met son aspect,

» Le tigre ose assurer que c'est toi, cher Usbek,

» Qui commande à ses mains toutes ces babaries ;

» Mais de l'enfer il a, dans son cœur, les furies.

» Il voudrait bien m'ôter l'amour que je ressens ;

» Il voudrait profaner mes plus doux sentimens.

» Quand il prononce un nom qui plaît tant à mon ame,

» Je chéris encor plus mon éternelle flamme ;

» Je ne sais plus me plaindre, et ne sais que souffrir,

» Et pour te satisfaire on me verrait mourir.

    » Hélas ! j'ai soutenu ton absence cruelle !

» Mon ardeur pour te plaire était continuelle ;

» J'ai conservé pour toi le plus sincère amour,
» Il m'occupait la nuit, il m'occupait le jour.
» J'étais superbe ainsi de l'amour que m'inspire
» L'adorable mortel pour qui seul je respire.
» Ton amour me faisait respecter en ces lieux ;
» Mais à présent.... combien l'on me rabaisse, ô Dieux!
» Non, je ne puis souffrir qu'ainsi l'on m'humilie,
» Non, mon ame n'est point par sa faute avilie,
» Non, ton cœur ne prend point plaisir à m'alarmer.
» Si je suis innocente, oh! reviens pour m'aimer ;
» Et si je suis coupable, ah! reviens me le dire,
» Ah! reviens promptement, pour qu'à tes pieds j'expire ».

La charmante Zélis témoigne, sans aigreur,
Ce qu'en elle a produit l'affligeante rigueur
Dont elle a ressenti les cruelles atteintes.
D'un ton calme elle vient manifester ses plaintes.
Ses reproches alors ont de la dignité ;
Elle blâme en ces mots son époux irrité :
» Au bout de l'univers, vous me jugez coupable,
» Sans savoir si je suis en effet condamnable !
» Dans cet éloignement, vous me faites punir !
» Qu'un eunuque barbare ose ici m'avilir,
» Vous l'avez ordonné, le tyran seul m'outrage,
» Et non celui qui vient satisfaire à sa rage.
» Vous pouvez redoubler vos mauvais traitemens ;
» Mon cœur n'a plus pour vous de tendres sentimens ;
» Il ne peut vous aimer, il est alors tranquille,
» Et s'est débarrassé d'une crainte servile.

» Votre ame se dégrade, et votre cruauté
» Prouve que vous n'avez nulle félicité. »

Une troisième épouse, avec fureur éclate,
Et fait voir qu'à présent aucun soin ne la flatte;
Elle vient annoncer qu'elle brave à jamais
Ce qu'Usbek a prescrit dans son triste palais :

  « Oui, j'ai su me jouer de toutes tes entraves,
» Et mon adresse à su séduire tes esclaves ;
» Je t'ai trompé, dit-elle, et d'un sérail affreux,
» J'ai su faire un séjour vraiment délicieux ;
» Toujours mon grand amour, exempt de fantaisie,
» Dans ces lieux méprisait ta sombre jalousie.
  » Tes suppôts criminels, homicides gardiens,
» Ont osé me ravir le plus doux de mes biens :
» Leur sacrilège audace, en rigueurs si féconde,
» Vient de répandre ici le plus beau sang du monde.
» L'existence pour moi ne serait qu'un tourment,
» Puisqu'on vient d'immoler mon adorable amant :
» Je finis mes destins, ne voulant point survivre
» A ce mortel chéri que mon ame va suivre ;
» Mais avant moi, j'ai fait descendre aux sombres bords,
» Ceux par qui mon amant est allé chez les morts.
  » Comment as-tu pensé, dans le sein des délices,
» Que toujours je devais adorer tes caprices?
» Quand tu te permets tout, au milieu des plaisirs,
» Tu crois avoir le droit d'affliger mes désirs !

» Tu m'avais condamnée à tant de servitude ;

» Mais mon ame était libre en cette solitude.

» Mon cœur ne s'est donné qu'au mortel que j'aimais,

» Et, ce charmant objet, moi seul je l'enflammais.

» Tu faisais à mon sèxe une cruelle injure,

» J'ai conformé tes lois au vœu de la nature ;

» Et, malgré ce qu'ici ton pouvoir a prescrit,

» Toujours l'indépendance a guidé mon esprit.

   » Quoique de tes leçons mon cœur ait fui les traces,

» Tu me devrais pourtant des actions de graces,

» De t'avoir accordé, dans un funeste jour,

» Un sacrifice, hélas ! que j'ai fait sans amour ;

» De ce que j'abaissai ma fierté naturelle

» Jusqu'à vouloir aussi te paraître fidèle ;

» De ce que lâchement j'ai gardé dans mon cœur

» Ce tendre sentiment qui faisait mon bonheur,

» Et lequel honorait si fort mon caractère,

» Que j'aurais dû dès-lors en instruire la terre ;

» Enfin, de ce que j'ai contre moi combattu,

» Quand j'osai profaner dans ces murs la vertu,

» En souffrant qu'on donnât un nom si respectable

» A ma soumission à ton joug exécrable.

   » Ta surprise était grande, en ce triste séjour,

» De ne point voir en moi les transports de l'amour :

» Si de bien me juger ton cœur eût pris la peine ,

» En moi tu n'aurais vu que l'excès de la haine.

   » Ton cœur pensa long-tems qu'il charmait mon ennui,

» Qu'un cœur comme le mien se soumettait à lui ;

» Mais nous étions heureux tous deux, par cette idée :
» Je te trompais, et toi tu me croyais trompée.

» Ce langage nouveau doit beaucoup t'étonner,
» Toi qui connus si bien l'art de nous dominer,
» D'asservir à ton joug nos vœux et nos pensées,
» Et qui voulais toujours nous voir tyrannisées.
» Mais serait-il possible, au sein de mes malheurs,
» Quand je viens t'accabler de terribles douleurs,
» Et qu'en ton cœur je mets une jalouse rage,
» On me vît te forcer d'admirer mon courage?
» C'en est fait pour jamais, et je vais succomber
» Sous l'effet du poison qui vient me consumer :
» Je ne me souviens plus d'une si longue chaîne,
» Et je sens s'affaiblir en moi jusqu'à la haine.
» Je ne redoute point tes plus grandes rigueurs ;
» Ma force m'abandonne, en ce moment : je meurs. »

FIN DU CHANT SECOND.

MONTESQUIEU.

Chant Troisième.

MONTESQUIEU.

Chant Troisième.

INTERROGEONS ici les fastes de l'histoire,
Et célébrons des faits d'éternelle mémoire.
Montesquieu, ton talent, plus surprenant encor,
Dans un plus grand sujet prend un plus haut essor ;
Un immortel tableau se déroule à ta vue,
Tu sais en embrasser l'étonnante étendue ;
Tu montres à nos yeux la gloire, les revers,
Du peuple le plus fier qu'ait produit l'univers :
Ta Grandeur des Romains est un sublime ouvrage ,
Où le feu du génie éclate à chaque page.
Il était donc écrit qu'un magistrat français
Obtiendrait dans ce genre un éclatant succès.
Nul auteur avant toi n'eut assez de science
Pour savoir embrasser ce sujet vaste, immense.

Les destins de la terre, aux Romains attachés,
Se trouvent, par ta bouche, éclaircis, expliqués.
Le grand Bossuet pourtant, dont le brillant génie,
Avec ton propre esprit se trouve en harmonie,
Sentit aussi pour eux cette admiration
Qui lui fit retracer leur domination.
Il présente à nos yeux le merveilleux spectacle
De ce peuple fameux, et vraiment formidable,
Le plus grand que la terre enfantera jamais ;
Il sait apprécier ses illustres hauts faits :
Combien de dignité, de force, de noblesse,
Vient rehausser encor sa mâle hardiesse !
Il est grand comme toi, non moins majestueux ;
Il sait diviniser les héros vertueux.
Les belles actions, son cœur les préconise.
Sa pompe et son éclat nous frappent de surprise.
Mais il pénètre moins l'immense profondeur
De tout ce qui causa des Romains la splendeur.
Il ne nous montre pas, avec tant d'évidence,
Tout ce qui vint aussi causer leur décadence.
Son vol est plus rapide, il ne peint que les traits
Qui sont les plus saillans dans ces nobles portraits ;
Mais il est des ressorts, qu'il crut imperceptibles,
Que tu sais démêler, pour les rendre visibles.
     Tu fais vivre à nos yeux ce peuple dominant,
Tu montres à quoi tient son pouvoir étonnant.
Tu le montres actif, autant qu'opiniâtre,
Et de l'indépendance on le voit idolâtre.

Mais tous moyens sont bons pour sa prospérité.
Pour lui seul il voulait avoir la liberté ;
Il savait qu'elle donne, aux humains, le courage ;
Qu'il n'en est pas ainsi du joug de l'esclavage ;
Qu'il abâtardit l'homme, en accablant sont cœur ;
Et fait fuir loin de lui le charme du bonheur.
De ces Romains, voilà quelle est la politique ;
Elle vient seconder leur fortune publique.

Tout marche à la conquête, à l'agrandissement.
Tout marche, en sens contraire, à l'asservissement.
La valeur des Romains, semble au-dessus de l'homme ;
Le monde, tout entier, tremble au seul nom de Rome.
Tous les rois de la terre, étonnés, éperdus ;
N'osent la regarder ; ils restent confondus :
Ils perdent le courage, et rampent devant elle.
Ainsi les effrayait cette ville éternelle.

Un grand homme pourtant, plein d'une noble ardeur,
Vient contre les Romains signaler sa valeur ;
Ils trouvent cependant un roi qui les arrête :
Le bras de Mithridate affaiblit leur conquête ;
Il détourne les coups que frappaient les Romains ;
Et la paix n'entre point dans ses vastes desseins.
C'est une guerre à mort que leur fait ce monarque :
D'une haine implacable elle porte la marque.
En lui la liberté vient mettre son espoir ;
D'affranchir les états il se fait un devoir ;
Il combat quarante ans pour leur indépendance.
De l'Asie on le voit prendre en main la défense :

4

Il sait la conquérir sur un peuple oppresseur;
Et la Grèce l'attend comme un libérateur.
    Ce prince eut un génie étonnant , admirable ;
Il était vigilant autant qu'infatigable ;
Il savait maîtriser une bouillante ardeur ;
Il fut souvent vaincu , parfois il fut vainqueur ;
Et, quand on renversait ses vaillantes mesures ,
Comme un lion superbe il voyait ses blessures ,
Il s'irritait encor par les plus grands revers.
Il semblait qu'il voulût exciter l'univers
A briser des Romains le joug intolérable.
Un tel roi fut pour eux en effet redoutable.
Sa grande activité frappe d'étonnement ;
Il se voit seconder partout bien puissamment.
Ce prince possédait des richesses immenses,
Qu'il savait employer aux plus nobles dépenses;
Il eut des artisans, des vaisseaux , des soldats,
De nombreux alliés de ses vastes états.
Jamais on ne le vit ses projets interrompre.
Les alliés de Rome , il savait les corrompre ;
Les transfuges Romains , accueillis dans ses rangs ,
Venaient former chez lui de nombreux combattans.
De l'Asie et l'Europe il solde les barbares ;
Il sait tirer de tout des avantages rares.
Il fut vraiment héros dans ses adversités ;
Mais il fut bien moins grand dans ses prospérités :
Il fut voluptueux , il se montra féroce ;
Il détruisait ainsi sa prudence et sa force;

Et c'était concourir, avec ses ennemis,
A renverser des plans sagement affermis.

Lucullus et Sylla contre lui vont combattre :
Chacun d'eux, tour à tour, s'efforce de l'abattre.
Il est vaincu par eux, et réduit à n'avoir
Que ses propres états pour servir son pouvoir.
Mais il reprend l'Asie, et l'abandonne encore.
La soif de se venger l'agite, le dévore.
Au sein de ses états il court se confiner.
On le verra bientôt reparaître, étonner.

Alors qu'à Lucullus vient succéder Pompée,
Du plus terrible coup sa puissance est frappée :
Son pays n'offre plus un asile assuré
A ce roi si puissant, et partout imploré ;
Il fuit de ses états, il médite en lui-même
D'écraser les Romains, par un effort extrême.
Il se plaît à braver les périls, les hasards ;
Dans Rome même il veut planter ses étendards ;
Contre elle il veut mener ces hordes indomptées,
Qui, des Romains, plus tard, changent les destinées.
Par ce même chemin qu'un jour elles suivront,
Rome il veut accabler du plus sanglant affront.
Plus l'entreprise est grande, et plus il a d'audace,
Afin d'exécuter l'effrayante menace.
Mais, trahi par ses fils, ses soldats et le sort,
Pour ne pas succomber, il se donne la mort :
Il sait périr en roi, quand il n'a plus d'armée.

Sa défaite augmenta la gloire de Pompée :
Elle vint des Romains achever la grandeur ;
Elle vint couronner un illustre vainqueur.

Rome en reçut aussi plus de magnificence,
Qui pourtant n'accrut pas sa réelle puissance.
    Une intrépide ardeur anime ces Romains ;
Le sort de l'univers se trouve dans leurs mains.
Quels princes voudraient donc de leurs projets se plaindre?
Pourraient-ils résister, sans avoir trop à craindre ?
S'ils sont vaincus, ces rois, hélas ! quel est leur sort !
Un infâme triomphe, ou bien même la mort,
Où la captivité, toujours si révoltante
Alors qu'elle est l'effet d'une force outrageante.
Ces odieux moyens, qu'employaient les vainqueurs,
De la guerre aggravaient les terribles malheurs.
Disons-le hautement, c'était un droit atroce
Que ce droit qui mettait sa justice en sa force.
Chez nous le droit des gens est bien mieux établi,
Le sentiment d'honneur n'est pas mis en oubli :
On sait ce que l'on doit à celui qui succombe,
Et l'on vient relever le monarque qui tombe
    Illustres conquérans , vos belliqueux travaux
Causèrent aux humains de funestes fléaux.
Ah ! quel coin de la terre où le peuple en alarmes
N'ait pas senti le poids de vos terribles armes,
Pour languir par degrés dans la captivité
Sous le joug odieux de votre autorité ?
Cependant, s'il fallait que la prééminence
Fût mise entre les mains d'une grande puissance :
S'il fallait que la terre eût des dominateurs,
A qui succéderaient des dogmes protecteurs,
Qui mieux que vous, Romains, par sa force profonde,
Pouvait jamais porter ce grand sceptre du monde?

Quelle haute valeur animait ces Romains !
Quelle persévérance affermit leurs desseins !
Quel amour de la gloire, avec quel héroïsme !
Quel courage étonnant, et quel noble civisme !
Quel mépris de la mort ! quel zèle pour l'honneur !
Et quelle ambition pour la noble grandeur !
Quelle activité rare, et quelle vigilance !
Quel calme dans les maux ! quelle grande prudence !
Et quelle force enfin ! quelle frugalité !
Quelle soumisson ! quelle fidélité !
Ces Romains étaient faits pour gouverner la terre,
Par tant de qualités, par leur grand caractère.
Convenons-en pourtant, leur domination
Les eût fait à jamais prendre en aversion,
Si moins amis des arts, et si moins admirables,
Ils n'avaient élevé des monumens durables
Que l'univers entier voit encor subsister,
Et que tous les talens s'efforcent d'imiter.
    Quels rois et quels héros eut cette Rome antique !
Et quels grands magistrats avait la république !
Quelles mœurs, quelles lois, on vit chez ces Romains !
Éloquens orateurs, immortels écrivains,
Philosophes fameux, artistes si célèbres,
Vous qui sûtes enfin dissiper les ténèbres
Que l'ignorance, hélas ! répandait en tous lieux,
Vous guidâtes le monde, et vous faites bien mieux :
Vous transmettez partout aux humains, d'âge en âge,
De vos divins talens, le sublime héritage.
    Cette vaste puissance on la voit s'affaiblir ;
A force de s'étendre elle devait périr.

Rome change son sort, la terre est étonnée ;
La terre devient libre, et reste prosternée.
Accoutumée alors au joug de ces Romains,
Elle ne peut pas croire à ces nouveaux destins.
Elle craint que ce bras qui la tenait captive,
Pour venir la punir ne se lève et revive.
Quand elle a dissipé son doute et sa frayeur,
Elle veut aux Romains reporter la terreur ;
Elle veut se venger de son long esclavage,
Et, dans le cœur de Rome, apporter le ravage.
Rome lutta long-temps avant de succomber.
Cet énorme colosse, ah ! pouvait-il tomber
Sans que sa chute encor n'épouvantât la terre,
Et ne vint retentir au séjour du tonnerre ?
Des décrets du Très-Haut quelle est la profondeur !
Combien est étonnant ce grand modérateur !

Romains, comparaissez, et voyez la sentence
Qui de votre conduite est une conséquence.
La raison, la vertu, la sainte liberté,
Fondèrent, par leurs soins, votre prospérité,
Le crime, la mollesse, et le vil égoïsme,
Vinrent anéantir votre patriotisme :
La bassesse dans Rome y porta les forfaits ;
Rome devint esclave, et le fut pour jamais.

FIN DU CHANT TROISIÈME.

MONTESQUIEU.

Chant Quatrième.

MONTESQUIEU.

Chant Quatrième.

Publiciste fameux, que l'Europe révère,
Dont chacun chérissait le noble caractère,
Je voudrais retracer, avec ma faible voix,
Les preceptes sacrés de ton Esprit des Lois.
O bizarre injustice ! ô sort inexplicable !
Qui pourrait croire, hélas ! que cet œuvre admirable,
Que ce sublime ouvrage, adoré de nos jours,
Chez les Français, jadis, n'eut pas un libre cours ;
Qu'il fut persécuté, que l'envie acharnée,
Signala contre lui sa rage forcenée ;
Qu'un fanatisme impie en son aversion,
L'accusa de déïsme et d'irréligion ?
   O belle de Tencin ! femme aimable et savante,
C'est toi, c'est ton génie et ton ame éloquente,
Qui vinrent signaler ce chef-d'œuvre nouveau !
Qui, par toi, dans Paris, il trouva son berceau ;

Il y fut publié, grâce à ta complaisance,
Qui mérite à jamais notre reconnaissance.
Il est doux de payer cet hommage à ton nom,
Qui déjà s'est acquis un illustre renom.
Sur le refus formé par chacun des libraires,
Pour le faire imprimer, tu rendis tributaires
Les célèbres savans qui venaient admirer
Ces talens dont le ciel te voulut décorer.

Tout plaît à la raison dans ce profond ouvrage,
Qui procure à la terre un si grand avantage ;
Quand on sait le goûter avec sincérité,
Dans la noble vertu l'on a bien profité.
Ah ! combien il est propre à former la pensée !
Quelle ame à l'admirer s'est souvent exercée
Sans épurer son cœur, mûrir son jugement ;
Sans apprendre à peser, avec discernement,
Les institutions, les lois, la politique ;
Sans reconnaître enfin l'utilité pratique
Des principes posés par ce législateur,
Qui des peuples, des rois, devient le protecteur ?

Ses héros y sont peints par des traits remarquables :
Combien il a rendu ses portraits admirables !
Oui, ces portraits vivront autant que l'univers.
Oh ! que ne puis-je aussi les offrir en mes vers !
Mais ce serait vouloir affaiblir la peinture
De portraits qu'a tracés la main de la nature.
La moindre expression qu'on voudrait supprimer,
Serait un trait majeur, que viendraient réclamer

Le goût, la vérité, dont les divins ouvrages
Ne peuvent supporter les plus légers outrages.
Les plus illustres noms qu'offre l'antiquité
Sont par lui décorés de toute majesté.
Charlemagne, César, Marc-Aurèle, Alexandre,
Modèles de grandeur où nul ne peut prétendre,.
Ont reçu de sa plume un brillant coloris.
Les traits de leur grande ame en tous lieux sont chéris.
Charlemagne surtout, ah! jamais quelle histoire
Pourra te revêtir d'une plus noble gloire
Que ces mots énoncés dans son Esprit des Lois,
Qui te font regarder comme un des plus grands rois
Qu'ait produit l'univers, depuis l'âge du monde;
Et qui font admirer ta sagesse profonde !
Tu meurs, et ta grandeur et ta capacité
Ne se transmettront pas à ta postérité.
Sur tant de nations, dont tu fus le vrai père,
Après toi vient régner Louis-le-Débonnaire.
Ce prince ne sait point maintenir les effets
Qu'on voyait résulter des immenses bienfaits
Qu'exerçait en tous lieux ta sage politique.
Il devait remarquer que la clameur publique
Etait contraire au vœu de son gouvernement,
Et qu'il allait causer un bouleversement.
Il abrogea les lois que forma ton génie,
Et se vit maltraiter avec ignominie.
Ces extrêmes moyens sont toujours déplorables,
Ils entraînent des maux vraiment incalculables.

Le bon ordre jamais ne peut se rétablir,
Quand on haît le pouvoir et qu'on veut l'avilir.
   Deux chapitres fort beaux, concernant l'Angleterre,
Aux plus nobles esprits ont su vivement plaire.
Là, Montesquieu présente, avec précision,
De ce gouvernement, la Constitution.
Il vient nous expliquer ce pacte mémorable,
Du pouvoir tempéré monument admirable ;
Il en fait ressortir, avec calme et clarté,
L'amour de la patrie et de la liberté.
De ce peuple célèbre il peint le caractère ;
Il fait voir qu'il reçoit tout son destin prospère
Des institutions qu'on voit le gouverner,
Et qu'après la tempête il a su se donner.
   O divin Montesquieu, vois les vœux de mon ame,
Et daigne encourager le zèle qui m'enflamme !
Ah ! si le ciel voulait donner à mes accens
Le charme nécessaire aux transports que je sens,
Le tribut que je viens payer à ton génie
Serait digne de plaire à ma belle patrie !
Les grands législateurs qui t'avaient précédé,
De ton sublime esprit, ont accru la clarté.
Oui, tu les méditas avec persévérance ;
De leur profond savoir tu sentais la puissance.
Mais la postérité pourrait-elle oublier
Celle qu'à tes travaux tu sus associer ?
Minerve, sous les traits de ta fille si chère,
Déposait à tes pieds les fastes de la terre,

Et mettait sous tes yeux un vaste amas d'écrits ,
Des institutions innombrables débris ,
Et sa bouche céleste en faisait la lecture.
C'étaient les élémens de ton architecture.
Dans ces matériaux ton esprit sut choisir ;
Il sut les féconder, ainsi que les polir.
Enfin, après vingt ans de ce noble exercice ,
Ton œil vit s'élever l'immortel édifice
Que le ciel t'inspira le dessein d'ériger ,
Pour être l'Arche sainte où sauront surnager ,
En l'Océan des temps , les doctrines humaines
Qui servent à régir par des règles certaines.
    Quelle est , ô Montesquieu , ta grande mission !
Elle veut le bonheur de chaque nation.
Digne législateur , je bénis ces pensées
Que pour le genre humain ton ame à professées.
Oh ! comment se fait-il que tes profonds écrits
Sachent, dans tous les lieux, plaire à tous les esprits ?
C'est que ton cœur jamais ne montre d'amertume ,
Et que la vérité conduit toujours ta plume ;
C'est que ton goût si sûr voit ce qu'il faut choisir,
Pour donner aux mortels un utile plaisir ;
C'est que dans tes écrits le travail se dérobe ,
Et que ton caractère est éminemment probe ;
C'est que ton noble cœur, plein de sincérité ,
Veut voir partout régner la sage liberté ;
C'est que ton éloquence est pure, insinuante,
Et quelle a pour principe une ame bienfaisante ;

C'est que ton esprit juste, et toujours éclairé,
Dans tout ce qu'il nous peint se montre modéré ;
C'est qu'on voit ta raison n'être pas trop austère,
Et nous rendre évident son effet salutaire ;
C'est qu'un jugement sain règle tous tes avis,
Que chacun s'applaudit toujours d'avoir suivis ;
C'est qu'on voit ta vertu, douce, aimable, indulgente,
Aux humains témoigner une bonté touchante ;
C'est que le naturel et la persuasion,
Viennent accompagner ton élocution ;
C'est qu'on voit ton génie, animé d'un beau zèle,
Aux lois de la nature être toujours fidèle.
Tant de dons, réunis dans leur variété,
Promettent à ton nom cette immortalité
Qui toujours des grands cœurs devient la récompense,
Quand leurs bienfaits ainsi montrent leur influence.
    Du monde tout entier tu scrutes les destins,
Et l'on voit opérer tes principes certains.
Les usages, les mœurs, les cultes, les coutumes,
Tu sais les embrasser, alors tu les résumes.
De ton esprit on voit l'universalité,
L'on voit ce qui soutient chaque société ;
Ce qui nuit à leur vie, ou leur est favorable ;
Ce qui peut adoucir un mal inévitable.
En offrant à nos yeux tant d'institutions,
Tu montres leur bonté, leurs imperfections,
Leurs causes, leurs effets, leur cours, leur origine :
De l'ordre social, tout par toi s'examine.

Tout est apprécié par ton rare savoir,
Qui sent qu'on doit toujours modérer le pouvoir.
Et les opinions qui sont pernicieuses,
Ta plume les flétrit, tu les rends odieuses;
Tu sais encourager celles qu'on doit chérir.
Tes préceptes si purs ne peuvent point périr,
Leur germe est cultivé pour le bonheur du monde,
Partout on sentira ta raison si féconde.
    Si des États voulaient, par l'agrandissement,
Donner trop d'influence à leur gouvernement,
Tu saurais leur tracer d'équitables limites :
A leur propre salut toujours tu les invites.
Si des États changeaient d'organisation,
Ils pourraient te devoir leur Constitution.
Si des gouvernemens usaient de despotisme,
Tu pourrais déjouer ce machiavélisme.
Si de faibles États voulaient entre eux s'unir,
Leur lien fédéral tu saurais l'affermir :
Tu saurais cimenter cette utile alliance,
Par là tu maintiendrais leur sage indépendance.
Si des peuples nouveaux, pleins de discernement,
Cherchaient à se donner un bon gouvernement,
Ils trouveraient en toi ce conseil salutaire
Qui leur indiquerait un régime prospère.
Si des États tombaient en dissolution,
Tu saurais opérer leur restauration.
Si des États craignaient une chute prochaine,
Tu pourrais leur donner une règle certaine,

Afin d'éloigner d'eux un danger imminent!
Ils te devraient ainsi leur affermissement.

Tes dogmes si sensés savent partout instruire!
Plusieurs états déjà l'on a vu reconstruire
D'après les plans donnés par ta sagacité;
On leur imprime ainsi de la stabilité :
De ces états enfin la force principale
Vient prendre pour appui la liberté légale.
Système avantageux et représentatif,
Tu sus nous l'indiquer, esprit méditatif.
Quand on veut établir un gouvernement sage;
La modération doit en être le gage !
Combinons les pouvoirs qui doivent opérer ;
Sachons les faire agir, comme les tempérer;
Donnons un poids à l'un, pour qu'à l'autre il résiste;
Et faisons qu'en l'état tout équilibre existe.
Ce chef-d'œuvre parfait de législation,
Du hasard n'est jamais une création;
Et rarement aussi, des hommes, la licence,
Laissera ce bienfait produire à la prudence.

Non, Grecs, et vous, Romains, vous n'avez pas connu
Ce doux gouvernement qui nous est parvenu.
Au milieu des forêts qu'avait la Germanie,
C'est là qu'il fut trouvé par un rare génie ;
C'est là qu'il existait chez un peuple guerrier,
Dont le front était ceint d'un belliqueux laurier.
Ce beau système enfin s'étendit en Europe :
Son pouvoir bienfaisant alors s'y développe ;

Et tous ses élémens, sagement combinés ;
S'adaptent aux Etats , les rendent fortunés.
C'est alors l'âge d'or de l'humaine puissance.
Les intérêts publics sont mis dans la balance.
Nul ordre n'est froissé, tous viennent concourir
A tempérer l'état ; ainsi qu'à l'affermir.
Et l'on voit se former, chez ces peuples fidèles,
Des états qu'en nos jours nous prenons pour modèles.

　　Tacite, ton écrit sur les mœurs des Germains,
Qu'il est donc précieux au bonheur des humains !
Oui ; c'est au feu sacré qui brille en ton ouvrage
Que la liberté doit son plus grand avantage.
Tes préceptes goûtés par un peuple penseur,
D'un bon gouvernement l'ont rendu possesseur,
Lui faisant réparer les malheurs déplorables
Que venaient de causer des excès effroyables.
O raison ! fallait-il vingt siècles expirés
Afin d'apprendre aux rois leurs devoirs si sacrés ?
Et fallait-il aussi tout cet espace immense
Pour apprendre aux états à borner la puissance ?
Douce philosophie, ô reine des mortels !
Ton règne est arrivé ; nos cœurs sont tes autels.
Nous gémissons , hélas! des désordres qu'entraîne
Un peuple malheureux qui vient briser sa chaîne ;
Toujours nous désirons voir le bien s'opérer,
Sans ces calamités qui viennent l'entourer ;
Et nous voulons toujours que toute indépendance
Ne puisse devenir anarchique puissance.

La Liberté n'est pas sans le règne des lois,
Sans la sage équité, qui règle tous les droits.
Sous un gouvernement on ne peut être libre
Si tout ne s'y maintient dans un juste équilibre.
La liberté ne plaît qu'à des cœurs généreux,
Qui voudraient voir enfin tous les peuples heureux.
Ici-bas tout ressent les passions humaines,
Et la liberté veut des règles bien certaines.
Dans tout gouvernement où l'on voudra la voir,
On ne devra jamais abuser du pouvoir.
De l'ordinaire cours, telle est l'expérience,
Toujours l'ambition s'allie à la puissance :
Tout homme revêtu d'un pouvoir important
Est sans cesse tenté de le rendre éclatant;
Il voudrait renverser toute borne prescrite.
O Dieu, la vertu même a besoin de limite!
    La liberté civile est cette faculté
Que chacun a de suivre en tout sa volonté,
Quand elle ne peut point, dans tout son exercice,
Au moindre citoyen causer de préjudice,
Et qu'elle ne peut nuire à son gouvernement.
De notre liberté voilà le fondement.
Un si grand avantage est inappréciable.
Comme il doit contenter tout homme raisonnable!
Ainsi le plus grand bien de cette liberté
C'est de donner à tous beaucoup de sûreté.
    La liberté n'est pas dans toute république;
Il en est où l'on sent le pouvoir despotique :

Les magistrats choquant l'esprit d'égalité ;
L'on y voit trop peser la dure autorité.
La liberté se trouve en l'état monarchique;
Alors qu'il sait aimer la volonté publique.
L'on est libre, en un mot ; dans tout gouvernement
Qui de ses citoyens obtient l'assentiment :
Tout régime contraire au vœu de la patrie,
A l'intérêt commun jamais ne s'approprie.

　　La liberté toujours a pour but le bonheur ;
Sans elle on ne verra qu'un bien-être trompeur.
Mais quand la liberté dégénère en licence,
Ah ! quel fléau terrible est cette effervescence !
Il vaudrait bien mieux être au séjour ténébreux ;
Qu'habiter un état plein de troubles affreux.
On frémit en songeant au délire anarchique,
Quand il vient déployer sa rage frénétique:
La fureur populaire écrase les états :
Qui peut être à l'abri de tous ses attentats ?
Le mérite, l'honneur, la vertu, la richesse ;
Elle renverse tout dans son horrible ivresse ;
Elle étend sur chacun ses noires cruautés,
Et même se détruit par ses atrocités.

　　L'ambitieux s'élève, en voyant l'anarchie
Régner sur les débris de quelque monarchie ;
Il s'annonce d'abord comme un libérateur ;
Mais ensuite on le voit devenir oppresseur.
Cet exemple est tiré des leçons de l'histoire :
Oui, le pouvoir toujours s'est montré vexatoire,

Quand un génie ardent, ayant sauvé l'État,
Croit tenir de son bras sa force et son mandat;
Il ose tout alors ; et, plein de confiance,
De la liberté même il trompe l'espérance.

FIN DU CHANT QUATRIÈME.

MONTESQUIEU.

Chant Cinquième.

MONTESQUIEU.

Chant Cinquième.

Basez sur la raison toute l'Autorité,
C'est de là que naîtra la sage liberté ;
C'est la raison qui fait la parfaite harmonie
D'où l'ensemble retire une force infinie.
Gardez de comprimer toute opposition ;
Un parti dominant n'est pas la nation.
La volonté publique est souvent méconnue ;
Combien l'on est heureux quand elle est parvenue
A se faire écouter dans l'enceinte des lois,
Où de tout un Etat on vient régler les droits !
Non, n'étouffons jamais les vœux de la pensée :
Ah ! cette tyrannie est horrible, insensée !
Jamais l'esprit humain ne se laisse enchaîner ;
Cette inquisition ne pourrait qu'entraîner
Les plus terribles maux qu'on ait jamais vu naître.
C'est une vérité qu'on ne peut méconnaître,

A moins d'être fauteur des révolutions,
Que produiront toujours les persécutions.
Oui, toujours on a vu l'absurde intolérance
Déployer les rigueurs d'une affreuse puissance;
Attribuant les torts et les calamités
Aux paisibles amis des sages libertés.
    La Concorde ici-bas doit unir tous les hommes :
Ah! qu'elle soit donc chère à tous tant que nous sommes!
L'union conduit seule à la prospérité ;
Sans elle on ne verra point de stabilité.
L'accord, dans un état, n'est pas la négligence
Qui donne aux citoyens entière indifférence
Sur la marche que suit l'État à leur égard.
A la chose publique ils devraient prendre part,
Puisque d'un tel concert dépend leur destinée :
Oui, toute catastrophe est toujours amenée
Parce qu'un peuple, hélas! ferma long-temps les yeux
Sur un enchaînement d'effets calamiteux,
Qu'il aurait adoucis, en apportant remède
Par la persévérance, à qui tout enfin cède.
    L'union désirable en un gouvernement
Consiste à voir chacun prendre pour fondement
L'intérêt général, non le seul avantage
D'un parti qui se croit le bon droit en partage.
Rapprochez les esprits par la persuasion,
Car la rigueur toujours fait la désunion ;
Rendez visible à tous le bien-être que donne
Ce que la liberté par son empire ordonne,

L'arbitraire n'a pas un pouvoir éternel :
Chaque État deviendra constitutionnel ;
Mais un tel avantage, aux humains nécessaire,
A bien à redouter la fougue populaire.
Ce n'est point au milieu du feu des factions
Que doivent se donner les constitutions.
Tout prince doit lui-même, en toute circonstance,
Limiter librement sa suprême puissance ;
Il doit aller lui-même au-devant des projets
Qui peuvent assurer le bonheur des sujets.
Nul monarque ne peut contester, méconnaître,
Ce qui de son État peut faire le bien-être.
Dans l'art de gouverner chaque prince est instruit ;
De cette instruction la sagesse est le fruit.
En Europe, à présent, nul peuple ne sommeille ;
Au bonheur de l'État chaque monarque veille ;
Et de l'heureux concert des rois, des citoyens,
On verra naître enfin de véritables biens ;
On verra s'affermir, dans ce siècle propice,
La sage liberté, la vertu, la justice.
Mais il faut maintenir la légitimité,
Si l'on veut de l'État voir la félicité :
Dans le renversement de toute dynastie,
On peut voir quelquefois la patrie engloutie.

Fraternisez beaucoup, peuples fraternisez ;
Trop long-temps on vous vit désunis, divisés.
Ah ! la fraternité doit plaire à nos semblables !
Elle unit les mortels par des liens aimables.

Oui , l'on abusa trop d'un mot cher et sacré ,
Qu'à nous faire aimer tous on avait consacré ;
Maintenant faut-il-donc n'en jamais faire usage ,
Et le bannir enfin de notre beau langage ?

Nous avons essayé tous les gouvernemens ;
Sachons donc distinguer les meilleurs élémens
Qui peuvent établir un régime prospère ,
Dont l'effet soit pour nous à jamais salutaire.
En l'État monarchique, ah! qu'on se réfugie!
Redoutons les excès de la démagogie ,
Qui veut tout niveler dans son délire affreux,
Et met les citoyens à s'égorger entre eux.
L'extrême égalité brise tout équilibre :
Non , jamais un État ne sera vraiment libre ,
Ne sera florissant, et vraiment respecté ,
Si l'on ne voit en lui l'auguste majesté
Décerner le pouvoir à des gens équitables ,
Choisis dans les sujets les plus recommandables.

De son côté , le peuple, aussi par de bons choix,
Devra bien assurer le maintien de ses droits ;
Il ne devra jamais accorder son suffrage
Qu'à des mortels doués d'un caractère sage ,
Et dont l'esprit possède assez d'instruction
Pour bien apprécier la législation :
Pour bien juger ainsi les diverses mesures
Que l'on vient proposer en toutes conjonctures.
Dans un gouvernement sagement tempéré ,
Le peuple doit toujours être assez éclairé ,

Pour faire un digne choix des hommes qu'il propose
Pour agir en son nom, pour défendre sa cause,
Sans vouloir attenter aux droits du souverain,
Dont le sceptre jamais ne doit être incertain.
La force exécutive au prince est dévolue ;
Mais son autorité serait trop absolue,
Si lui, si ses conseils pouvaient tout ordonner
Sans que la nation ne pût rien condamner
De ce qui paraîtrait évidemment contraire
A l'intérêt public, auquel il faut complaire.
Le bonheur d'un Etat demande trop de soins :
L'homme enivré d'encens ne voit point les besoins
De tant de malheureux, plongés dans la détresse ;
Mais pourtant à leur sort il faut qu'on s'intéresse.
Les députés du peuple ont donc la mission
D'exposer les besoins que sent la nation,
D'indiquer le remède aux maux qu'un peuple éprouve,
Et de manifester ce qu'enfin il réprouve.
Le peuple a confiance aux hommes qu'il élit :
Qui ne le soutient pas, à la fin s'avilit.
Vous, ses représentans, soyez incorruptibles ;
Vous défendez des droits sacrés, imprescriptibles.
Un digne mandataire ainsi protestera
Contre toute mesure où l'on remarquera
Aux droits des citoyens une réelle atteinte.
La voix de la patrie, ah ! combien elle est sainte !
La Patrie ! elle veut bénir tous ses enfans,
Pour leur félicité faisant des vœux constans.

Il faut de la vertu dans la Démocratie;
Sans elle on n'y verra qu'une lâche inertie,
Où qu'un désordre affreux et toujours destructeur,
Qui mettra dans l'état la haine et la terreur.
Dans le seizième siècle, un goût démocratique
Brisa chez les Anglais le sceptre monarchique;.
Le pouvoir populaire y voulut s'établir;
Mais il ne put point là subsister, s'affermir.
Ceux qu'on vit dans l'Etat prendre part aux affaires,
N'avaient point ces vertus qui sont si nécessaires
Pour qu'une république ait un cours bienfaisant,
Et pour écarter d'elle un danger renaissant.
Le succès de celui qu'une effrayante audace
Eleva dans l'Etat à la première place,
Ne fit qu'accroître encor leur propre ambition.
Le mal seul réprimait l'esprit de faction,
Et le gouvernement changeait ainsi sans cesse,
En ne prenant jamais pour base la sagesse.
Alors le peuple vit, avec étonnement,
Qu'il n'était gouverné que tyranniquement.
Ce peuple, qui croyait à sa suprématie,
Vit qu'il était bien loin de la démocratie;
Qu'il était dirigé par des ambitieux,
Que secondaient partout des hommes furieux.
Après bien des excès, des chocs et des secousses,
Il fallut recourir à des lois bien plus douces :
On vint se reposer dans ce gouvernement
Que l'on avait proscrit avec acharnement.

Oui, ce fut la vertu , dans les siècles antiques,
Qui fit toujours fleurir leurs belles républiques.
L'amour de la patrie alors, éminemment,
Fut le plus ferme appui de leur gouvernement.

Sylla, quand tu voulus, par un trait qu'on renomme,
Remettre avec éclat la liberté dans Rome ;
Elle ne put alors ce bienfait recevoir :
La vertu n'avait plus ce souverain pouvoir
Qu'elle eut dans les beaux temps de cette république.
Chaque jour affaiblit le courage civique
De ce peuple puissant et plein de majesté ,
Qui long-temps respecta les lois de l'équité.
Après César, Caïus, Claude, Néron, Tibère,
La vertu des Romains encore dégénère.
Combien de fois on vit, infructueusement,
Au sein de Rome naître un grand événement !
Les coups qu'elle frappait , dans son ignominie,
Portaient sur les tyrans, non sur la tyrannie.

Quand Athènes brillait sur la terre et les mers,
Et que son héroïsme étonnait l'univers,
Ses cohortes alors n'étaient pas plus nombreuses
Que quand elle faisait des lâchetés honteuses.
Elle avait dans son sein vingt mille citoyens
Quand elle vous bravait, Lacédémoniens.
Et vingt mille elle en eut quand Xerxès, roi de Perse,
D'une innombrable armée enveloppa la Grèce.
Athènes sut alors, par des faits glorieux,
Surpasser les exploits des héros ses aïeux.

Et lorsqu'elle entreprit d'attaquer la Sicile,
Elle avait dans ses murs ce nombre de vingt mille:
Rien n'arrêtait alors son intrépide ardeur,
Qui partout moissonnait les palmes de l'honneur.
Du sort des nations, déplorable inconstance!
Un peuple si fameux a perdu sa vaillance.
Vous, qui de Salamine aviez le souvenir,
L'éclat de vos vertus a-t-il pu se ternir?
Toujours votre valeur devait être excitée
Par les noms glorieux de Marathon, Platée.
Il fallait conserver toujours la noble ardeur
Qui dans tous vos penchans mettait tant de grandeur.
Minerve protégeait votre cité fameuse,
Pouviez-vous oublier sa faveur généreuse?
Chez vous on voit, hélas! la volonté des rois
Venir y remplacer l'autorité des lois.
L'amour de la patrie, affaibli dans vos âmes,
Ne vous fait plus sentir ses énergiques flammes.
Un monarque étranger vient despotiquement
Opérer, dans vos murs, votre dénombrement.
Au marché, comme on compte un vil troupeau d'esclaves,
A qui la tyrannie a donné des entraves,
Le roi Démétrius, vous ayant rassemblés,
Vingt mille il vous trouva, sous la honte accablés.
Et quand Philippe osa dominer dans la Grèce,
Chez les Athéniens alors qu'elle mollesse!
Ils craignaient moins de voir cesser leur liberté
Que le bras qui venait troubler leur volupté.

Mais alors vint tonner l'éloquent Démosthènes,
Et sa voix ranima le courage d'Athènes.
Cette noble cité, que chérissait Pallas,
Qui résista toujours aux revers des combats,
Qu'on avait vu renaître après ses catastrophes,
Et qui faisait l'appui des États limitrophes :
Cette cité fameuse entre les nations ,
Qui survécut toujours à ses destructions,
Voit par un coup fatal changer sa destinée,
Et sa puissance enfin périr à Chéronée.
Vingt mille Athéniens y combattaient alors :
Pour vaincre ils avaient fait les plus nobles efforts.
Ce fut pour tous les Grecs une perte accablante,
Quand d'Athènes finit l'influence puissante.
Le Macédonien , profond dans ses desseins,
Lui rend tous les soldats tombés entre ses mains ;
Il a tout obtenu , puisqu'il n'a plus d'obstacle
A montrer à la Grèce un odieux spectacle.
Qu'importe que ce roi rende ces prisonniers,
Ils ne sont plus pour lui redoutables guerriers;
Ils ne connaissent plus le feu patriotique.
Renaîtra-t-elle un jour la glorieuse Attique ?

Carthage, pouvais-tu jamais te soutenir ,
Puisque ta probité ne put se maintenir ?
Quand l'illustre Annibal , des héros le modèle,
Vit sa triste patrie implorer sa tutèle ,
Et que, voulant encor lui prouver son ardeur,
Il consentit enfin d'en être le préteur ,

Alors ne vit-on pas ses magistrats cupides
Porter sur le trésor des mains toujours avides ?
Annibal condamna leurs déprédations,
Et voulut arrêter ces viles actions.
On vit ces magistrats dénoncer ce grand homme,
Ils allèrent aussi l'accuser devant Rome.
Ils voulaient l'opulence, ils voulaient des honneurs,
Dussent-ils les tenir de leurs fiers destructeurs.
O grande république, on va voir abaissée
Celle que ses enfans hélas ! ont délaissée !
Voulez-vous, malheureux ! être des citoyens
Sans aimer la cité, sans être ses soutiens ?
Les Romains ont juré, dans leur sombre vengeance,
D'accabler à jamais cette grande puissance ;
Ils veulent la détruire, et leurs vaillantes mains
Viennent porter leurs coups sur les bords africains.
Si Carthage succombe, en un combat terrible ;.
Son Annibal, vaincu, devait être invincible :
Pour sauver sa patrie, en ces événemens,
L'admirable Annibal déploya les talens
D'un grand homme d'état et d'un grand capitaine ;
Mais ne put retarder la chute trop prochaine
D'une ville qui fit s'éloigner ses vertus,
Et qui les remplaça par de graves abus.
Ces terribles Romains, après ces avantages,
Veulent encore avoir un grand nombre d'ôtages.
On leur accorde encor les armes, les vaisseaux.
Carthage, c'est ainsi que tu combles tes maux !

Tu livres la patrie , en enchaînant sa gloire ,
Ensuite tu combats , tu cherches la victoire.
Tu voulais rappeler la fortune en tes mains ;
Afin de terrasser ces odieux Romains.
Les efforts inouis que tu fais , désarmée,
Naissent du désespoir dans ton ame alarmée.
Cette intrépidité contre tes oppresseurs ;
Si tu l'avais montrée avant tes grands malheurs ;
Et quand tu possédais ta force et ton génie ,
Jamais ta liberté n'aurait été bannie ;
Et jamais on n'eût vu l'immortel Scipion
Par ta perte acquérir tant d'illustration.

La CLÉMENCE du prince est sa plus noble grace ;
Au rang même des dieux cette vertu le place :
Il a tant à gagner par ce bel attribut ;
Que les rois en tout temps doivent l'avoir pour but :
De tant d'amour enfin la clémence est suivie,
Qu'elle accroîtra toujours le bonheur de leur vie.
Mais quand faut-il punir ? Quand faut-il pardonner ?
Ce conseil on ne peut d'avance le donner.
Quand la clémence aura des résultats nuisibles ,
Aisément ses dangers se montreront visibles.

Le Bas-Empire a vu trois de ses Empereurs
Oublier que du crime ils étaient les vengeurs,
Aucun d'eux ne voulut , dans tout son exercice,
Que l'on te déployât , glaive de la justice.

6

Quelle idée avaient-ils du souverain pouvoir,
En négligeant ainsi leur plus grave devoir ?
Leur humanité fut cette extrême faiblesse
Qui fait que toute loi très-souvent on transgresse,
Et qu'alors il s'ensuit un tel relâchement,
Qu'il cause de l'État l'anéantissement.

Jamais on ne verra la plus pure morale
Proscrire absolument la peine capitale :
Un homme est le fléau de la société,
On peut l'en retrancher sans inhumanité.

Afin que d'un État la FORCE DÉFENSIVE
Repoussât puissamment toute force offensive,
Il faudrait que toujours il pût se secourir
Aussi vite qu'on peut tenter de l'envahir.
Si sur différens lieux l'attaque s'effectue,
Il faut sur tous ces points qu'elle soit combattue.
Et pour que cet État résiste, avec succès,
Sa grandeur ne doit point s'étendre avec excès :
Son territoire enfin ne doit point être immense,
S'il veut le protéger dans sa circonférence,
Et ne craindre jamais aucune des lenteurs
Qui peuvent de la guerre aggraver les malheurs.

Un destin favorable a voulu que la France
Fondât sa capitale à la juste distance
Qu'elle devait avoir, pour que très-promptement
L'État fût secouru par son gouvernement.

Par un bonheur bien grand, nos plus faibles frontières
Sont plus près de Paris que nos fortes barrières,
Et le prince ainsi voit, avec facilité,
Le danger aussitôt qu'il s'est manifesté.
  C'est une vérité d'une haute importance,
Que d'un prince jamais la solide puissance
Ne peut point être en lui cette facilité
Qu'il a de conquérir toujours à volonté.
Sa véritable force est dans son Etat même,
S'il faut pour l'attaquer l'effort le plus extrême,
Et s'il est affermi si bien dans son pouvoir
Que de le renverser nul n'ait un juste espoir.
Mais, l'agrandissement fait des Etats la perte,
Il laisse à la conquête une porte entr'ouverte;
Il montre des côtés par où peuvent entrer
Ceux qui dans ces Etats veulent y pénétrer.

FIN DU CHANT CINQUIÈME.

MONTESQUIEU.

Chant Sixième.

MONTESQUIEU.

Chant Sixième.

LE DESPOTISME affreux est un cruel régime,
Qui toujours tyrannise et qui toujours opprime.
Son pouvoir excessif ne sait rien ménager ;
A l'avenir jamais on ne le voit songer.
Il se croit en péril, quand pourtant rien n'attente
Au système odieux par lequel il tourmente.
Et sous un joug de fer, courbant les nations,
Il éteint dans les cœurs les nobles passions.
Les peines qu'il prescrit font frémir la nature ;
Ombrageux, il ne voit que crime et forfaiture.
La crainte énerve tout sous son gouvernement,
Qui retient les esprits dans l'asservissement.
Jamais à la clémence il ne veut se résoudre :
Ce qu'il a condamné, jamais ne peut s'absoudre.
Un esclave est brisé par lui, comme un roseau,
Et même d'un visir il peut faire un bourreau.

Dans leur source il tarit les bienfaits de la terre.
Il peut faire égorger même un fils par son père.
Sa volonté rigide est sa suprème loi ;
Il enfreint ses sermens, comme il trahit sa foi.
Il n'est rien sous les cieux dont son pouvoir n'abuse.
Le sceptre est dans ses mains la tète de Méduse.

Des Lois, dans tout l'espace, on reconnaît la voix,
Et la divinité s'est imposé des lois.
L'univers est régi par des règles constantes,
Il s'anéantirait sans ces lois si puissantes.
Dieu montre à l'univers qu'il est son créateur :
Par ses lois il en est le grand conservateur.
Oui, le monde physique est pur, inaltérable,
Et son cours est parfait, il est invariable.
Si ses mouvemens ont de la diversité,
Ils agissent en lui comme uniformité ;
Ils ne troublent en rien la céleste structure,
Et ne dérangent point le but de la nature.

Le monde intelligent est moins bien dirigé ;
Par l'homme son système est très-souvent changé.
La raison, de ce monde est pourtant la motrice,
Elle veut en tout temps s'en rendre protectrice.
Mais l'esprit des humains est sujet à l'erreur ;
Il sait bien rarement affermir leur bonheur.
Ce que l'homme établit, et s'use, et dégénère,
Et sans nécessité ses lois il les altère.

La marche des Etats exige quelquefois
Qu'un peuple renouvelle, ou corrige ses lois.
Cette mesure, il faut qu'elle soit très-prudente.
Ne touchons donc aux lois que d'une main tremblante.
Le génie éclairé, la pénétration,
Doivent seuls terminer cette opération.
Dans un si noble objet, que l'équité s'observe,
Et que l'on vienne agir avec calme et réserve.
Connaissez bien l'esprit de votre nation
Pour améliorer sa législation.
Le vœu de la patrie, en cette circonstance,
Devra manifester son active influence.
Appréhendons l'effet de l'esprit de parti ;
A l'intérêt public tout doit être assorti.
C'est le bien général qu'il faut que se propose
Tout ce qui d'un Etat vient prendre en main la cause.
Rien n'est plus précieux, et rien n'est plus sacré
Qu'un semblable travail, aux humains consacré.
En voulant restaurer cet auguste édifice,
Que la raison toujours soit notre directrice ;
Que les hommes chargés de cette mission ,
Pour principe aient chacun la modération.
Eloignons tout désir de gloire personnelle ;
Invoquons la Justice, et ne regardons qu'elle.
Garantissons nos cœurs d'un zèle irréfléchi :
Que de tout préjugé l'on se montre affranchi.

  Concourir à former les lois de sa patrie,
Est une fonction qui du Ciel est chérie.

Il faut une ame droite, un profond jugement,
Pour savoir élever un si beau monument ;
Et l'on doit déployer le sage caractère
Que comporte toujours cette œuvre tutélaire.

Le Code d'un Etat est son plus grand trésor :
Epurez donc les lois comme on épure l'or ;
Passez-les au creuset de l'estime publique,
Puisqu'à nous rendre heureux tout leur pouvoir s'applique.
Aux lois donnons toujours l'impartialité
Qui doit leur assurer de l'efficacité.
Quel malheur quand les lois ne sont pas équitables !
Qui pourrait calculer leurs suites déplorables ?

Qu'on éloigne des lois toute confusion :
Simplifiez beaucoup la législation :
Les principes des lois, basés sur la morale,
Ne peuvent jamais être un tortueux dédale.
Qu'en elles nos devoirs, tracés bien clairement,
Dans l'esprit des mortels se gravent aisément.
Alors on verra naître une jurisprudence
Dont tout l'ensemble aura beaucoup de cohérence,
Et dont la noble étude, éclairant les Etats,
Formera dans leur sein de dignes magistrats.

Que vous avez, ô lois, fait naître de grands hommes !
Et vous en formerez dans le siècle où nous sommes.
Les institutions font briller les talens
Qui sont nés pour l'appui de leurs gouvernemens.
Par elles le mérite est mis en évidence ;
Pour elles il signale une haute éloquence.

Il est toujours bien doux de consacrer sa voix
A faire vénérer le frein sacré des lois.
Une ame généreuse et vraiment éclairée,
Voudrait rendre des lois la puissance adorée.
Quand pour ses lois un peuple a le plus grand amour,
L'Etat voit s'affermir sa force chaque jour.

    La loi, par son empire et sa force suprême,
De l'ordre social est l'existence même;
Elle inspire aux mortels, pour leur utilité,
De respecter la vie et la propriété.
Si la loi générale est la raison humaine,
Elle doit donc partout régner en souveraine.
Les différentes lois en sont le résultat :
Elles s'attacheront à régler chaque Etat,
Et devront se montrer sages et prévoyantes.
Elles sont à la fois aveugles, clairvoyantes :
Ce sont les yeux du prince, elles font voir toujours
Ce qu'il ne pourrait voir sans leur puissant secours.
Le monarque ne peut, sans danger, les enfreindre,
Il doit encourager, elles peuvent contraindre.

    La vertu doit guider un bon législateur ;
Les lois doivent avoir une aimable candeur,
Et la simple équité doit être leur essence ;
Qu'elles aient donc toujours une entière innocence!
Faites pour corriger notre corruption,
Elles s'exempteront de toute passion.
Reconnaissons aux lois un pouvoir tutélaire :
Dans l'horrible ouragan, c'est l'ancre salutaire

Qui retient le vaisseau que voudraient engloutir
Les orages, les flots qui viennent l'assaillir.
O lois, soyez toujours vraiment inviolables,
Vous nous garantirez de malheurs effroyables !
   La sûreté jamais ne peut se maintenir
Si les plus sages lois ne viennent l'affermir.
Quand on aime les lois, on aime sa patrie ;
Leur amour n'entre point dans une ame flétrie.
Elles font des Etats cette stabilité
Qui donne aux citoyens toute sécurité.
Anathème à celui qui brave leur puissance !
Pourrait - il espérer de fléchir leur vengeance ?
Pourrait-il espérer enfin l'impunité,
Alors qu'il méconnaît leur douce autorité ?
S'il a toujours senti leur protection sainte,
Et si nul à ses droits n'osa porter atteinte ;
Si même, en ce moment, dans sa rebellion,
Voulant le préserver d'injuste lésion,
L'équité vient ainsi prononcer sa sentence,
A-t-il à réclamer en pareille occurrence ?
   Les lois arrêteront les plus grands attentats,
Leur boussole à jamais doit guider les Etats.
Sur tous les citoyens il faut qu'elles agissent ;
On doit les assortir à ceux qu'elles régissent.
Elles font un pays prospère, industrieux,
Elles rendent un peuple, actif, laborieux.
Voyons toujours des lois la suprême importance:
Considérons-les plus qu'un acte de puissance,

Elles allégeront les plus pesans fardeaux,
Et feront supporter de pénibles travaux.
Il n'est aucun travail que l'on ne puisse faire,
Pourvu qu'il ne soit pas prescrit par l'arbitraire ;
Pourvu que la raison se plaise à l'ordonner,
Non l'injustice enfin qui vienne dominer.

N'outrons aucune chose, opérons sans secousses :
Dans les gouvernemens où les PEINES sont douces,
L'esprit des citoyens en est autant frappé
Que dans d'autres Etats il peut être effrayé
Par le plus grand supplice et d'horribles tortures.
Il faut, dans tous les cas, d'équitables mesures.
Toujours l'impunité fait les relâchemens,
Ils sont très-peu causés par de doux châtimens.
Ne conduisons point l'homme avec moyens extrêmes,
Et ménageons toujours les châtimens eux-mêmes.
Imitons la nature et suivons son flambeau,
Elle nous a donné la honte pour fléau.
Dans le Japon, les lois sont une tyrannie,
Car pour la moindre faute elles ôtent la vie ;
Mais ne corrigent rien par leur sévérité.
Un remède mauvais est toute cruauté.
Punissant pour un crime une famille entière,
Au Japon les lois sont une faible barrière.
L'imagination se fait aux châtimens,
Et ne craint pas alors les plus affreux tourmens.

Des rangs, des dignités, de la prééminence,
De l'Etat monarchique entretiennent l'essence ;
Et l'Honneur , qui toujours veut des distinctions,
Là, devient le ressort des belles actions.
Il y fait augmenter l'amour de la patrie ,
Et se plaît à régner dans une monarchie.
L'honneur est le soutien de ce gouvernement ,
Qui ne pouvait choisir un plus beau fondement.
Les lois et les vertus , tout sent son influence :
Des glorieux exploits il est la récompense ;
Il donne aussi du zèle au digne magistrat ;
Aux travaux de l'esprit il donne un noble éclat ;
Il donne aux citoyens une ardeur généreuse ;
Il inspire aux guerriers la vertu courageuse
Qui les porte à braver les dangers, le trépas ,
Pour vaincre ou pour mourir au milieu des combats.
Muses, vos favoris, dans leurs plus nobles veilles,
Célèbrent de l'honneur les brillantes merveilles !
Tous les arts , chérissant ses inspirations,
Enfantent à sa voix de ces productions
Qui de précieux biens sont la source féconde,
Et dont l'utilité se fait sentir au monde.
Le héros, le grand homme, aussi voient dans l'honneur,
De leurs nobles penchans le principal moteur.
Et le monarque aussi révère son empire ,
Il chérit les transports qu'à chacun il inspire ;
Il voit que dans l'Etat l'honneur vient constamment
Donner à tout l'ensemble un sage mouvement.

L'Ambition souvent se montre dangereuse
Dans une république, et la rend orageuse ;
Mais dans la monarchie, on voit l'ambition
Faire fleurir l'Etat par sa noble action.
Pour acquérir l'estime, elle fait qu'on s'empresse ;
Au bien de la patrie ainsi l'on s'intéresse.
On pourrait aisément bientôt la réprimer ,
Si ses efforts donnaient sujet de s'alarmer.
Un intermédiaire aime à la circonscrire ,
A tracer le chemin qu'elle devra décrire.
Son système est semblable, au cours de l'univers ,
Où règnent des agens, des principes divers ,
Où pourtant tout concourt à sa belle harmonie ,
Et ne dérange rien dans sa marche infinie.
Une force éloignant du centre tous les corps ,
La gravitation les y ramène alors :
Il doit en être ainsi de la chose publique ;
La langueur d'un Etat est sa fin politique.

Du Monarque, les Mœurs influencent l'Etat ,
Ayant comme les lois un puissant résultat.
Comme les lois, il peut faire ce que nous sommes.
Les brutes il pourra les transformer en hommes.
Aimant toute ame libre , il aura des sujets.
Des esclaves il a, s'il veut des cœurs abjects.
De vertu, de justice, il faut qu'il s'environne :
Ce sont les vrais soutiens d'une auguste couronne.

Que dans les grands talens son pouvoir se confie,
L'Etat ils serviront, sans redouter l'envie.
Si son esprit se fait de son peuple admirer,
Son cœur par ses sujets doit se faire adorer.
Qu'il soit affable, humain, compatissant, sincère ;
Qu'il ait pour ses sujets les sentimens d'un père.
Leur amour deviendra le charme de son cœur,
Et tous le béniront avec grande ferveur.
Qu'à la juste prière, en tous temps favorable,
A l'inique demande il soit inexorable.

Que de séductions environnent les rois !
Qu'ils sont à vénérer quand ils aiment les lois !
Combien de courtisans veulent leur faire entendre
Que de leur volonté tout doit enfin dépendre;
Qu'ils doivent suivre en tout leurs absolus projets,
Et ne compter pour rien les vœux de leurs sujets.

Instituteurs des rois, votre tâche est immense :
Non, jamais sur la terre aucune récompense
Ne pourrait dignement acquitter envers vous
Les sentimens d'amour que nous vous devons tous,
Quand vous avez formé de vertueux monarques.
Si nous pouvions, hélas ! des inflexibles Parques
Désarmer la rigueur, en prolongeant vos jours,
Nous en étendrions le trop fortuné cours.
Fénélon, sage, humain, l'honneur de la nature,
Ah ! ton ame sublime, autant qu'elle était pure
Est le plus beau modèle où puissent aspirer
Ceux qu'on voit près des rois venir les éclairer. !

Par toi la vérité fut toujours annoncée,
Jamais tu ne trahis les vœux de ta pensée.
Mais l'intrigue a toujours trompé les souverains.
Placent-ils auprès d'eux les plus dignes humains ;
Veulent-ils de leur ame écouter la sagesse,
A les écarter tous la cabale s'empresse ;
Elle est opiniâtre en ses vœux criminels,
Et jouit en son cœur du malheur des mortels.

Colbert et Fénélon, Catinat et Racine,
Vous, dont l'ame admirable était presque divine,
Vous sentites, hélas ! l'injustice du sort ;
Vous vîtes que la cour est un dangereux port,
Un asile semé d'écueils et d'orages,
Que devraient éviter les mortels vrais et sages,
Si l'honneur ne faisait une obligation
D'être utile à son roi, comme à sa nation.

Les Tributs de l'Etat sont une redevance
Qu'acquittent les sujets, dans la douce espérance
Qu'ils pourront posséder, avec sécurité,
Cette part qu'en leurs mains doit laisser l'équité.
Les revenus publics, fixés avec sagesse,
N'entraîneront jamais l'Etat dans la détresse.
Il faut toujours agir par de justes moyens :
Les besoins de l'Etat, et ceux des citoyens,

Doivent servir de base, en toutes conjonctures ;
Il faut tout calculer, bien prendre ses mesures,
Afin que ces tributs ne soient point ruineux
Pour des peuples soumis, que l'on doit rendre heureux.

C'est la nécessité, c'est le juste rigide,
Qui font le DROIT DE GUERRE ; ayons-le pour égide.
O vous, qui siégez dans les conseils des rois,
Ah ! de l'humanité reconnaissez la voix !
Oui, si vous écoutez le vœu de l'arbitraire,
Alors des flots de sang inonderont la terre.
Un prince, en son honneur peut se croire blessé,
Tandis que son orgueil est lui seul offensé.
Pour des motifs si vains, faut-il prendre les armes,
Et causer à l'Etat de cruelles alarmes ?

Toujours on a voulu blâmer les conquérans ;
Cependant il en est qui furent bienfaisans.
La Conquête jadis fut exterminatrice ;
Mais on l'a vue aussi devenir protectrice.
Les Germains, soumettant tout l'Empire romain,
Montrèrent dans la paix un pouvoir très-humain.
Ils vinrent adoucir les maux de l'esclavage.
Les lois qu'on les vit rendre, au milieu du carnage,
Dans le feu, l'action, l'impétuosité,
Se réglèrent ensuite avec pleine équité.

Ils surent modérer l'orgueil de la victoire,
Et firent rejaillir, sur les vaincus, leur gloire.
Voulant à leurs sujets donner les plus grands biens,
Du Romain, du Barbare, ils font des citoyens.
   De la conquête donc émanent des lois sages;
Elle a fait abolir de monstrueux usages
Dont le simple recit déchire notre cœur :
O Dieu ! les Bactriens, sans ressentir d'horreur,
Par des chiens affamés font dévorer leurs pères ! ! !
Ah ! superstition, ce sont tes noirs mystères !
Un héros met un terme à ces atrocités,
Et devient le vengeur de tant d'iniquités.
Grand roi de Macédoine, admirable Alexandre,
Oui, les peuples vaincus ont pleuré sur ta cendre !
Le monde rend hommage à ta vaste bonté :
Toujours tu fis beaucoup pour la prospérité
Des Etats que le sort soumettait à tes armes;
Tes triomphantes mains vinrent sécher leurs larmes.
   O justice du Ciel, révèrons tes bienfaits !
Magnanime Gélon, ton beau traité de paix
Est un pacte sacré que célèbre l'histoire,
Et dont l'humanité conserve la mémoire.
Grand Dieu, tu fais sortir des plus sanglans combats
Des réformes qui font le bonheur des Etats !
Gélon remporte un jour un immense avantage :
Après avoir vaincu les forces de Carthage,

Il lui fait abjurer ces actes inhumains
Où le père immolait ses enfans par ses mains ! !
Sa grande ame a dicté cette immortelle clause ;
De tout le genre humain c'est défendre la cause.
Toi, Gélon, l'ennemi de ces Carthaginois,
Tu fais bénir par eux le fruit de tes exploits !

FIN DU CHANT SIXIÈME.

MONTESQUIEU.

————

Chant Septième.

MONTESQUIEU.

Chant Septième.

Le Commerce guérit des préjugés funestes ;
Il fait sentir partout ses bienfaits manifestes ;
Il fait communiquer tous les peuples entre eux.
On le voit les unir par les plus puissans nœuds.
L'immensité des mers est par lui parcourue ;
Il sait en mesurer l'effrayante étendue.
Chaque climat produit des objets différens
Que viennent nous fournir ses soins persévérans.
Il satisfait à tout ce que nos goûts désirent.
La richesse est le but où ses travaux aspirent.
Il s'oppose toujours à la destruction ,
Toujours il proscrivit la dévastation.
Tout est de son domaine , et dans chaque hémisphère
Il utilise tout ce que produit la terre.
Il adoucit les mœurs, on le voit policer
Des peuples que lui seul pouvait civiliser.

Du commerce chacun sent la douce influence :
Il procure aux humains le bien-être et l'aisance ;
Il alimente ainsi la population ,
Donnant à tous les bras de l'occupation.
A l'homme il donne un goût d'ordre et d'économie ,
Et sur la probité sa règle est affermie.
Il affronte les flots, les saisons , les hasards ;
D'un bout du monde à l'autre il vient porter les arts.
Oh ! que d'Etats puissans par ses mains s'élevèrent !
Que de grandes cités à sa voix s'illustrèrent !
Le commerce lui seul est la société ;
On le voit très-brillant, même en l'antiquité.
Du pôle à l'équateur il verse l'abondance ;
Quand le commerce tombe , on voit tout en souffrance.
    Tout ce que le soleil éclaire dans son cours ,
Du commerce ressent les bienfaisans secours.
Lui seul embellit tout , dans toute la nature ,
Et lui seul il soutient aussi l'agriculture.
Tout ressent les effets de ses soins empressés ;
Il répare les maux que la guerre a causés ;
La disette , par lui , se change en abondance ,
Et la misère aussi fait place à l'opulence.
Il ouvre les canaux de la prospérité ,
Anime l'industrie , et la fertilité.
Sur tout ce qui respire il étend sa pensée ;
Il sait gouverner tout par son beau caducée.
Le sceptre du commerce est seul universel ;
Il a pour ainsi dire un empire éternel.

Il domine les mers, il guide la Fortune,
Et semble diriger le trident de Neptune.
   Le commerce fleurit avec la liberté :
Elle aime à protéger sa grande utilité.
Il fuit l'oppression ; il s'ouvre des passages
Sur un sol inconnu, sur d'arides rivages.
Il régnait dans des lieux qu'il quitte pour jamais,
Et va porter ailleurs ses précieux bienfaits.
Il vole sur les vents, il franchit les espaces,
Et force la Fortune à marcher sur ses traces.
Aux antres de la terre on le voit pénétrer ;
Des trésors en tout genre il en sait retirer.
Il ose se plonger dans les gouffres de l'onde.
Il voudrait reculer les limites du monde.
   Le commerce lui seul fait tout fructifier ;
Dans les mains du commerce on voit le globe entier.
Sans jamais l'abuser par de brillans prestiges,
L'amour du gain lui fait opérer des prodiges :
Les fanges, les marais il transforme en cités,
Qui nous font admirer leurs somptuosités.
On le voit se fixer sur des plages affreuses,
Et bientôt son séjour les rend délicieuses.
Combien sont précieux tous ses travaux actifs !
Les déserts, les rochers, il les rend productifs.
L'intérêt peut lui seul opérer ces miracles,
Lui seul, dans tous les temps, surmonte les obstacles :
Son empire est le seul que chérit tout mortel,
Et le seul qu'en effet chacun trouve réel.

Un grand événement, à jamais salutaire,
Sembla du globe, un jour, changer la face entière.
Par une invention, dont on bénit l'auteur,
Sans connaître pourtant quel homme eut ce bonheur,
Une ère mémorable en ce temps prit naissance;
L'univers étonné reconnut sa puissance :
La Boussole a produit d'admirables effets,
Qu'on inscrira toujours parmi les grands bienfaits
Que le génie humain puisse offrir à la terre.
Du commerce elle accrut immensément la sphère.
La navigation prit alors un essor,
Qui nous fit pénétrer jusqu'aux sources de l'or.
L'univers s'agrandit, on découvrit deux mondes,
Qu'à l'Europe cachait le vaste sein des ondes.
La boussole a donné des ailes aux vaisseaux :
Avant elle on n'osait s'avancer sur des eaux ;
D'un pas timide et faible on longeait les rivages,
Et toujours on avait la crainte des naufrages ;
Mais, dès que la boussole à l'homme vint s'offrir,
Il n'appréhenda plus alors de parcourir
Cet immense Océan, ces mers hyperborées,
Que sans elle jamais il n'aurait explorées.
Dans ses hardis projets rien ne put l'arrêter ;
Afin de réussir, il osa tout tenter ;
Il brava les écueils, les frimas, la tempête,
Et la foudre en éclats, qui grondait sur sa tête ;
Les feux d'un ciel brûlant, les climats meurtriers,
Et des peuples cruels, inhospitaliers ;

Et la férocité des animaux sauvages,
Qui, sur des bords lointains, disputaient les passages.

Des intérêts civils de tant de nations,
Nous arrivons au but qu'ont les Religions.
Après nous avoir peint les destins de la terre,
Montesquieu manisfeste un pieux caractère.
D'une sainte croyance il montre les effets ;
Il fait voir que ses lois sont pour nous des bienfaits ;
Que l'homme qui de Dieu révère la puissance,
Sème de jours sereins sa fragile existence.
Il fait voir que le frein de la religion,
Aux princes vient donner la modération ;
Que la foi dans leur cœur est toujours nécessaire,
Afin que leur pouvoir soit vraiment tutélaire.
Rendre à l'Être suprême un hommage d'amour,
Le craindre avec raison, l'adorer chaque jour,
C'est remplir un devoir bien doux, bien salutaire,
Et voir le Tout-Puissant comme un bienfaisant père.

De la religion chérissons le lien :
Pour les mortels toujours elle est le plus grand bien.
En nous recommandant la douce tolérance,
Montesquieu sympathise avec la Providence.
Que sans contrainte l'homme adore un créateur :
Dieu ne veut point régner sur lui par la terreur.
Dans l'univers entier sont d'innombrables sectes,
Mais qui de la morale observent les préceptes.

Tout culte que l'on voit professer l'équité,
Toujours est très-utile à la société.
Il faut que les Etats, par leur haute puissance,
Protègent en tous temps sa louable influence.
Rendre l'homme indulgent, probe, ami de l'honneur,
De l'ordre social c'est faire le bonheur.

Les Chrétiens sont heureux qu'un culte véritable
Leur ait été donné par un Dieu secourable,
Lequel, ayant voulu sauver le genre humain,
Répandit sur la terre un bienfait souverain.
Le culte qui nous fut donné par le Messie,
Aux plus précieux biens toujours nous associe.
Voyez comme il inspire aux princes la douceur,
Comme il est ennemi d'un régime oppresseur.
C'est une vérité, l'esprit évangélique
Repoussera toujours le pouvoir despotique.
L'islamisme au contraire enfante des tyrans
 Qui font gémir l'Etat sous des coups déchirans.

 Jésus, de la candeur était le vrai modèle ;
La charité chrétienne animait tout son zèle ;
Pour nous racheter tous, il se vint immoler.
Quel dévoûment humain pourrait donc égaler
Ce sacrifice auguste, offert à Dieu, son père,
Pour effacer ainsi les crimes de la terre ?

 Cette religion, que donne un tel auteur,
Certes a pour objet des hommes le bonheur.
A tendre à la vertu sa bonté nous convie,
Et veut nous rendre heureux, dans l'une et l'autre vie.

Elle veut aux Etats voir les meilleures lois,
Elle veut que chacun jouisse de ses droits.
Le plus grand ennemi qu'ait le christianisme,
Est bien assurément l'aveugle fanatisme :
Il déchire le sein de la religion,
Pour mère il a toujours la superstition.

   Ce culte si parfait, quelle est son influence !
Il humanise tout par sa tendre puissance.
Au milieu de l'Afrique, un jour, sa douce voix
A porté de l'Europe et les mœurs et les lois.

   Dans les Etats voisins, soumis à l'islamisme,
On voit partout régner un affreux despotisme :
Les princes musulmans, par un terrible sort,
Ne font que recevoir ou que donner la mort ;
Mais les princes chrétiens, plus humains, accessibles,
Sont toujours étrangers à ces moyens horribles ;
Ils comptent sur le peuple, et le peuple, à son tour
A pour eux plus de zèle, ainsi que plus d'amour.

MONTESQUIEU.

Chant Huitième.

MONTESQUIEU.

Chant Huitième.

O Montesquieu ! je t'aime au sein de ta famille :
C'est là qu'on voit en toi combien la vertu brille.
Les biens et les grandeurs n'étaient rien à tes yeux,
Quand ils ne portaient pas à faire des heureux.
Un auguste mortel, Stanislas de Lorraine,
T'appelait bienfaiteur de la nature humaine.
Ton cœur applaudissait quand quelque réglement,
Du bonheur de la France était un élément.
Tes jours calmes, sereins, s'écoulaient sans envie.
L'étude était pour toi le baume de la vie.
Méritant une place aux conseils des grands rois,
Jamais tu n'aspiras aux éminens emplois.
Homme sensible et doux, modeste et sociable,
Bon citoyen, bon père, et vraiment équitable,
Ton ame sut goûter les plus purs sentimens,
Et de la vie aima tous les plaisirs charmans.
Les chagrins et l'ennui fuyaient loin de ton ame.
La constante amitié te fit chérir ta flamme.

8

O château de la Brède ! édifice illustré ,
L'amour, des nations enfin t'a consacré.
Délicieux séjour de ce rare génie ,
Qui dévoua ses soins au bien de sa patrie,
Les siècles mineront tes murs si vénérés.
Quand le temps destructeur les aura dévorés,
Et qu'il ne s'en verra nul vestige en la terre,
Ta gloire, ô Montesquieu, brillera tout entière.
   Célèbre Académie élevée à Bordeaux,
Oui, le grand Montesquieu, partagea tes travaux.
Quel touchant intérêt il prit à ta naissance !
Il prévoyait dès-lors ton heureuse influence.
Ton établissement, en effet, précieux,
Fut par lui regardé comme un bienfait des cieux.
Les Muses délaissaient le sol de tes contrées ;
Les lettres, en ces temps, s'y trouvaient méprisées.
L'erreur, l'aveuglement, les préjugés trompeurs,
Enfans de l'ignorance, abrutissaient les mœurs.
Tout mortel studieux était alors en butte
A ce système altier qui toujours persécute.
Il était dangereux d'être alors plus instruit
Que n'était, en ces jours, un médiocre esprit.
Mais il appartenait aux hommes de génie
De mettre un heureux terme à cette tyrannie.
Tu le fis, Montesquieu t'en a félicité.
Le sol de ton pays n'a plus d'aridité ;
Il jouit des trésors de la belle nature,
Et l'on y voit fleurir tout genre de culture.

L'aimable urbanité, compagne des beaux-arts;
L'olive d'Apollon et les lauriers de Mars,
Décorent à l'envi tes rives fortunées,
Donnant à tes enfans d'heureuses destinées.
Savante Académie, ornement de ces lieux,
La science profonde a su charmer tes yeux;
Il est né dans ton sein des palmes immortelles
Qui pénètrent nos cœurs de flammes éternelles :
Et pour les conquérir, quelle émulation
Excite des savans la noble ambition !

    Là, ton superbe fleuve, émule du Pactole,
Enfante des héros dignes du Capitole.
Il fait un tendre accueil à toutes nations,
Aimant à voir flotter leurs divers pavillons.
Les lumières, les arts, l'industrieux commerce;
L'agriculture aussi, source de la richesse;
Le nectar que produit tes fertiles coteaux,
Que dans tout l'univers transportent tes vaisseaux;
Les variés objets, qu'au sein de tes domaines
Ils viennent rapporter de leurs courses lointaines;
La splendeur de tes quais, leur magnifique abord;
Tes pompeux monumens ; la beauté de ton port;
La somptuosité qui dans tes murs éclate ;
Ces jardins enchantés, tels que ceux de l'Euphrate;
Tous ces bosquets que Flore embellit de sa main ;
Tous ces fruits que Pomone épanche de son sein ;
Ces concerts d'allégresse en tes charmans rivages ;
Ces troupeaux, bondissant dans tes rians bocages ;

Ces guérets, couronnés des plus riches moissons ,
Où la blonde Cérès aime à verser ses dons ;
Le bien-être , la joie animant ton enceinte ,
Et qui de l'abondance a la plus douce empreinte :
O fortuné Bordeaux ! tout fait de ta cité
Un séjour de délice et de félicité.

Montesquieu , tes amis te restèrent fidèles ;
Tu fus toujours chéri des ames les plus belles.
Si tu vivais encor , combien tes grands talens
Te feraient rechercher des hommes éminens !
Quoique né dans un siècle où les grandes lumières
Se voyaient entraver par de fortes barrières ,
Tu fus apprécié par d'illustres savans,
Qui surent applaudir tes travaux éclatans.
Ton génie élevé t'attira les hommages
Des hommes éclairés et des plus doctes sages.

Dans un commerce aimable et plein d'utilité,
Ton ame vient se peindre avec sincérité ;
Et ton cœur se découvre en ta correspondance ,
Dont un doux abandon fait goûter la substance.
L'Italie éclairée , en ce temps t'estimait ,
Des princes de l'église alors plus d'un t'aimait :
Un illustre pontife , ami de la science ,
Se montra favorable à ta noble influence ;
Et le sacré collége , où ton Esprit des Lois
Se trouva dénoncé par d'odieuses voix,

Alors en ta faveur fit pencher sa balance,
Qui semblait incliner pour quelque tolérance.

Dans tes bois de la Brède, on vit tes nobles soins
Protéger tes vassaux, secourir leurs besoins.
Ton ame chérissait l'aspect de la nature,
Et partout tu faisais fleurir l'agriculture.
Cultivateur modeste, au milieu de tes champs,
Ton cœur encourageait les vertueux penchans.
Tu ne te distinguais que par ta bienfaisance,
Qui tout autour de toi répandait l'abondance.
Parmi tes vignerons, dirigeant leurs travaux,
Ta bonté ne montrait en eux que tes égaux :
Tu te plaisais au sein de ces hommes utiles,
Qui, par leurs bras, rendaient tes coteaux si fertiles.
Toujours, sous les dehors de la simplicité,
Tu cachais tout l'éclat de ta célébrité.
Cependant s'étendait ta grande renommée.
Aux plus nobles vertus, ton ame accoutumée
Recherchait le repos, dans de si doux loisirs,
Et ton cœur y goûtait les plus touchans plaisirs.
L'Europe t'apportait, en ces lieux, son hommage,
Et venait contempler un véritable sage ;
Le plus sincère ami qu'avait l'humanité,
Le plus grand bienfaiteur de la société.
En parlant à toi même, en cet agreste lieu,
Plus d'un homme illustre demandait Montesquieu.
Ton maintien négligé te faisait méconnaître,
Tu savais être grand, sans vouloir le paraître ;

On croyait voir en toi quelqu'un de ces vassaux
Qui faisaient chaque jour les champêtres travaux,
Tant tu sus dérober, sous tes humbles manières,
L'homme qu'on admirait pour ses rares lumières.
  Et lorsque tu venais au sein de nos cités,
Prendre part aux plaisirs de nos sociétés,
Tu savais encor là faire aimer ton mérite,
Qui ne sortait jamais d'une sage limite.
Avec quel agrément tu savais converser !
Comme tu savais plaire autant qu'intéresser !
Dans les salons brillans qu'avait la capitale,
On t'affectionnait pour ton humeur égale,
Pour ce ton simple, uni, sans recherche, sans fard,
Qui tient à la nature, et qui n'est point un art.
Ta conversation, enjouée, amusante,
Était, quand il fallait, noble autant qu'imposante.
Tu savais discourir avec facilité.
Tes raisons entraînaient par leur solidité.
Une louable ardeur excitait ta pensée,
Qui jamais de briller ne fut trop empressée.
Ta parole, toujours semblable à tes écrits,
Savait intéresser les plus nobles esprits :
Elle était, à propos, forte, mâle, énergique,
Et présentait parfois un charme poétique.
Ton ame s'enflammait au penser généreux
D'éclairer les mortels et de les rendre heureux.

  Parlement de Bordeaux, auguste aréopage,
Toi, qui fus présidé par cet illustre sage,

De ses nobles vertus on te vit t'applaudir,
Son génie éclatant te faisait resplendir.
Toutes ses actions respiraient la justice ;
Il brûlait qu'à ses vœux elle devint propice.
Avec quelle grandeur et quelle majesté
Aux prêtres de la loi son cœur peint l'équité !

« O vous, ô magistrats, à qui la providence
» Impose le devoir de venger l'innocence,
» Ah ! quelles fonctions vous avez en vos mains !
» Les plus chers intérêts des malheureux humains
» Sont un dépôt sacré que l'Etat vous confie ;
» Vous décidez des biens, de l'honneur, de la vie.
» Rendez, rendez justice, avec humanité ;
» Ayez de la droiture et peu d'austérité.
» A l'audace effrénée, ô soyez formidables !
» Aux vertus sans appui devenez secourables.
» Il faut être éclairé pour être magistrat,
» Laborieux, actif, zélé pour son état.
» Si quelque juge, hélas ! privé de clairvoyance,
» Montrait au sanctuaire une entière ignorance,
» Tant d'incapacité, sans nul discernement,
» Serait un très-grand mal, voudrait absolument
» Qu'on le vît renoncer à la magistrature,
» Pour ne pas s'égarer dans toute conjoncture.
» S'il en est en qui soit, dans un faible degré,
» Le talent nécessaire à leur devoir sacré,
» Qu'ils s'efforcent toujours d'acquérir la science :
» La clarté de l'esprit luit en la conscience.

» Préférez la réserve à toute gravité ;
» Surtout point de rudesse avec la probité.
» Ah ! ne tardez jamais à rendre la justice !
» Craignez que vos lenteurs ne soient un préjudice.
» Que l'affabilité se reconnaisse en vous ;
» Plus on est élevé, plus on doit être doux.
» La justice en nos cœurs doit être universelle,
» Rien ne doit nous charmer, rien n'est beau que par elle :
» Gardons-nous d'imiter un grand Stoïcien,
» Ce sage renommé, ce Caton l'ancien,
» Qui sur son tribunal adorait la justice,
» Mais qui, dans sa famille, agissait par caprice.
» Ayons pour l'équité beaucoup d'affection :
» Que justes en tous lieux, en toute occasion,
» Justes à tous égards. envers toutes personnes,
» Dieu nous accorde enfin d'immortelles couronnes !
    « Avocats, cette cour voit votre intégrité ;
» Elle aime à rendre hommage à votre probité.
» Non, votre honneur n'a vu jamais aucune plainte
» Contre lui s'élever, dans cette auguste enceinte.
» Ceux dont vous vous chargez de défendre les droits
» Ont toute confiance en votre noble voix.
» Cette profession par vos soins exercée,
» Se montre courageuse et désintéressée ;
» L'opprimé veut avoir à vos talens recours,
» Votre organe lui prête un bien puissant secours ;
» Pour faire triompher le vœu de l'innocence,
» Vous faites éclater une rare éloquence ;

» Mais il ne suffit point de ces brillans talens :
» Il faut encore unir à vos beaux sentimens
» Un dégoût prononcé pour ces traits satiriques
» Qui ne peuvent s'unir qu'à des moyens iniques.
» Oui, nous applaudissons à cette noble ardeur
» Que vient mettre en votre ame un zèle protecteur.
» Ne déployez jamais des efforts téméraires :
» Vous devez des égards même à vos adversaires.
» Que votre zèle enfin soit pur, sage et prudent :
» Une juste défense oblige trop souvent
» A révéler des faits que nous cachait la honte :
» Alors cette pudeur votre voix la surmonte ;
» Mais, ce mal, notre cœur ne peut le supporter
» Que quand un grand objet vient le nécessiter.
» Diffamer son prochain, l'honneur en fait un crime ;
» Apprenez donc de nous cette utile maxime
» Qui vous épargnerait sans doute des regrets,
» Et qui mettrait un terme à de fâcheux effets :
» *La vérité par vous ne doit être annoncée*
» *Que quand votre vertu n'en peut être blessée.*
» On ne pardonne pas l'humiliation,
» De l'amour-propre humain c'est une affliction.
» Montrons de la bonté dans ce monde où nous sommes ;
» Ah ! quel triste talent que de noircir les hommes !
» Les traits malicieux de certains orateurs
» Ne sont que trop souvent les plus vives douleurs
» Que nous puissions avoir dans notre ministère.
» Ces excès sont blâmés par notre caractère.

» Bien loin que ce qui vient le peuple divertir,
» Puisse voir notre cœur aussi s'en réjouir,
» Nous abhorrons ces traits, et nous pleurons encore
» Sur les infortunés qu'ainsi l'on déshonore.
   « Oh ! déplorable effet d'un aveugle désir
» Qui fait tout employer, croyant mieux réussir !
» Quoi ! la honte suivra dans un tel sanctuaire
» Ceux qu'on y voit chercher un appui tutélaire !
» On semble craindre, hélas ! avec méchanceté,
» Que la justice ici n'ait trop de pureté.
» Pour les plaideurs jamais rien n'est-il plus pénible
» Que de se voir l'objet d'un sarcasme terrible ?
» Ah ! plaignons les mortels en butte à ces excès,
» Puisqu'on les fait gémir même sur leurs succès !
» Ainsi l'on voit contre eux une cruelle atteinte
» Rendre nos jugemens amers comme l'absinthe.
   « Eh ! que répondrons-nous alors qu'on nous dira
» Ces mots, qu'avec chagrin notre ame écoutera ?
» Devant vous , Magistrats, que nous crûmes si sages,
» Nous avons retracé de trop réels outrages
» Que nous avions soufferts, éloignés de ces lieux ;
» Mais l'on nous en a fait de plus grands, sous vos yeux ;
» Et vous n'avez rien dit pour venger cette offense,
» Vous en qui se confie, hélas! notre innocence !
» L'ignominie affreuse et la confusion
» Viennent nous accabler de leur vexation,
» Vous, dont nous révérions l'auguste caractère ,
» Que nous crûmes parfaits, et les dieux de la terre ,

» Vous regardez nos maux, sans vouloir les guérir,
» Et vous restez muets en nous voyant souffrir.
» Vous conservez nos biens, ah ! quel faible avantage,
» Quand notre honneur ici vous souffrez qu'on l'outrage !
» Oui, l'honneur, mille fois nous est plus précieux
» Que tous les autres biens que l'on voit sous les cieux.
» Notre vie est par vous de même conservée ;
» Mais à quelle amertume est-elle réservée,
» Si vous ne réprimez un cruel détracteur ?
» Ah ! la vie est moins chère à nos yeux que l'honneur !
» La raison par l'injure ici donc se remplace.
» Un fougueux orateur, par sa coupable audace,
» Ose nous diffâmer, avec impunité.
» Si vous ne suivez pas les lois de l'équité,
» Indiquez-nous du moins un tribunal plus juste,
» Qui sache s'acquitter de ce devoir auguste.
» Vous voyez nos tourmens et notre désespoir,
» Tandis que nous, hélas ! nous ne pouvons savoir
» Si votre cœur n'a pas joui de nos alarmes,
» S'il n'a point désiré de voir couler nos larmes. »
   « Ces reproches cruels, comment les soutenir ?
» Avocats, nous saurions plutôt les prévenir,
» Nous ne souffririons pas qu'on dît avec justice
» Qu'à d'odieux moyens la cour devint proprice.
   « Procureurs, chaque jour votre ame doit trembler ;
» Que de fautes sur vous se peuvent rassembler !
» Que dis-je, ah ! nous devons aussi trembler nous-mêmes,
» Alors que nous songeons à ces regrets extrêmes.

» Que pourrait nous causer votre profession,
» Si vous veniez tromper notre religion !
» De votre ministère, ah ! quelle est l'importance !
» Vous avez sur la cour une grande influence :
» Si vous voulez manquer à la fidélité,
» Vous pouvez éloigner de nous la vérité,
» Dérober à nos yeux sa plus vive lumière,
» Et n'en offrir alors qu'une ombre mensongère.
» Vous pouvez chaque jour nous enchaîner les mains ;
» Vous pouvez éluder, par des prétextes vains,
» Les textes les plus clairs, les lois les plus précises,
» Rendre nos volontés tout-à-fait indécises ;
» Vous pouvez présenter sans cesse à vos cliens,
» Des moyens évasifs, de faux expédiens.
» Si vous venez montrer à leurs yeux la justice,
» Vous pouvez vous servir d'un argument factice,
» Pour l'éloigner ensuite, et fasciner leurs yeux
» Par de vagues raisons, des discours captieux.
» Dangereux d'autant plus que vous seriez habiles,
» Toujours on vous verrait en faux-fuyans fertiles.
» Vous vous feriez haïr, à force de tromper :
» Sur nous la haine, hélas ! viendrait aussi tomber ;
» Sans partager le fruit de tous vos artifices,
» De vos fraudes pourtant nous serions les complices ;
» Ce qui dans votre état serait le plus fâcheux,
» Au nôtre attacherait ses résultats honteux ;
» Et nous serions ainsi, par vos faits détestables,
   » Les plus grands criminels, après les vrais coupables.

» L'honneur doit vous guider, en toute occasion ;
» Que n'annoblissez-vous votre profession
» Par la vertu , qui sait tout rendre vénérable ?
» Votre état, deviendrait dès-lors bien respectable.
» Nous , que pour la justice on voit toujours veiller ,
» Que nous serions charmés de vous voir travailler
» A devenir encor beaucoup plus équitables
» Que notre ame ne l'est envers tous nos semblables !
» Quel plaisir nous ferait cette émulation !
» Chacun applaudirait à votre ambition.
» Combien nos dignités, que le public révère,
» Serait viles auprès d'une vertu si chère !
    » Quand plusieurs d'entre vous méritèrent vraiment
» L'estime de la cour et son assentiment ,
» Notre approbation d'eux alors fut ouïe ;
» De les féliciter la cour s'est réjouie.
» Une telle conduite avait su nous toucher ;
» Dans des sentiers plus sûrs ils nous faisaient marcher.
» Notre ame à la vertu se trouvait excitée,
» Et la justice en nous semblait s'être augmentée.
    » Nous avons ressenti le plus noble plaisir ,
» En les voyant d'accord avec notre désir.
» Chacun de nous s'est dit alors, avec délices,
» Nous n'aurons point à craindre enfin leurs artifices ;
» De la droiture on voit qu'ils ont en eux l'amour,
» Et qu'ils vont concourir au grand œuvre du jour.
» Sur leur zèle épuré , le bon droit se repose ;
» Sincèrement du peuple ils embrassent la cause.

» Ah ! nous verrons le temps si désiré, si beau ;
» Où le peuple sera libre de tout fardeau !
» Procureurs, vos devoirs s'unissent tant aux nôtres,
» Que nous, toujours chargés de surveiller les vôtres ;
» Nous, vos juges ici, nous voulons l'oublier,
» Pour venir, de concert, instamment vous prier
» D'exercer dignement tout votre ministère ;
» Et de montrer sans cesse un loyal caractère.
» En ce jour solennel, qui nous a rassemblés,
» Espérons que toujours nos vœux seront comblés.
» La justice a repris le cours de sa balance :
» Vos magistrats, fuyant toute prépondérance,
» Viennent vous conjurer, avec intimité,
» De leur laisser toujours suivre la probité ;
» De seconder les soins dont ils font leur étude,
» Et de vous conformer à leur sollicitude.
» Craignez de rendre, hélas ! notre zèle suspect,
» Ne nous ravissez point des peuples le respect,
» Et n'empêchez jamais, par des efforts contraires ;
» Qu'ils ne trouvent en nous des soutiens et des pères. »

FIN DU CHANT HUITIÈME.

MONTESQUIEU.

—

Chant Neuvième.

MONTESQUIEU.

Chant Neuvième.

Après m'être efforcé, par mes travaux constans,
De célébrer ici les talens éclatans
Qui d'un illustre auteur éternisent la gloire,
Ma plume encore veut rappeler la mémoire
D'un fragment précieux qui se fait admirer,
Par le style divin qu'on y voit respirer.
　Cet Écrit, dont je viens signaler l'Eloquence,
D'un monarque adoré peint la douce influence.
Il peint de la vertu le charme consolant,
Qui nous fait supporter un malheur accablant.
　« Alexandre, vainqueur de l'empire des Perses,
N'avait jamais connu des fortunes diverses ;
Il fut énorgueilli des succès glorieux
Qu'il ne devait pourtant qu'à la faveur des Dieux.
Et ce qu'il n'était pas, il voulait le paraître ;
Son origine humaine il osait méconnaître :

Pour fils de Jupiter on le vit se donner,
Voulant que devant lui l'on vint se prosterner.
Ce monarque semblait rabaisser la mémoire
De son père Philippe, et contester sa gloire.
Les Macédoniens en étaient indignés.
Les reproches pourtant lui furent épargnés :
Le mécontentement devint plus vif encore
Quand ce grand conquérant des climats de l'aurore,
Des Perses, adopta les mœurs, les vêtemens,
Leurs manières aussi, leurs propres sentimens.
Ces héros qui venaient de parcourir le monde,
Virent naître en leur cœur une peine profonde,
D'avoir si fort accru la réputation
D'un roi qui méprisait sa propre nation,
En préférant aux goûts de sa noble patrie
Ceux d'une nation par lui-même asservie.
Mais alors ces guerriers murmuraient seulement;
Aucun d'eux n'eût osé parler ouvertement.
    « Un profond philosophe, appelé Callisthène,
Avait suivi le roi dans sa guerre lointaine.
Un jour qu'il saluait ce roi tout simplement,
Ainsi que dans la Grèce on faisait constamment,
Alexandre lui dit : *Quelle raison t'abuse,*
D'où vient qu'à m'adorer ton ame se refuse ?
Callisthène reprit, d'une modeste voix :
    « Seigneur, deux nations reconnaissent vos lois :
» L'une esclave avant d'être à vos armes soumise,
» Ne l'est pas moins après cette grande entreprise;

» Et l'autre, libre avant vos faits victorieux,
» Ne l'est pas moins depuis ces exploits glorieux.
» Je suis Grec, et ce nom si connu dans le monde,
» Vous l'avez illustré sur la terre et sur l'onde;
» Il ne nous est donc plus permis de l'avilir.
» Nous ne voudrions pas votre gloire trahir. »
    « Les vices d'Alexandre étaient vraîment extrêmes,
Ils étaient exaltés comme ses vertus mêmes.
Dans sa colère, il fut par le crime emporté,
Et cette fois, hélas! on vit sa cruauté
Faire couper les pieds, mutiler le visage,
A Callisthène armé du plus touchant courage :
Une cage de fer le reçut aussitôt,
Et devint pour l'armée un affligeant dépôt.
    « J'avais pour Callisthène une amitié sincère;
Son malheur me causait une douleur amère.
Quand de quelques momens je pouvais disposer,
Avec lui je venais me plaire à converser;
Et je dois aux conseils qui sortaient de son ame
Les penchans vertueux dont je ressens la flamme.
J'allai le voir un jour, depuis son sort affreux :
» Je viens vous saluer, illustre malheureux,
» Que je vois renfermé comme un tigre farouche,
» Pour avoir déployé ce grand cœur qui me touche. »
    « Lysimaque, dit-il, quand ma situation
» Vient réclamer en moi la résolution
» Que doit manifester un courage efficace,
» Il me semble qu'alors je me trouve à ma place.

» Si les Dieux ont voulu ne me faire exister
» Qu'afin que la langueur je ne pusse éviter,
» Que me sert-il d'avoir l'ame grande, immortelle,
» Noble don que m'a fait leur bonté paternelle ?
» Tout homme sur la terre a la capacité
» De jouir des plaisirs qu'offre la volupté :
» Et si pour ce seul but les Dieux forment notre être,
» Nous allons bien plus loin que ce qu'il faut connaître ;
» Leur ouvrage contient plus de perfection
» Que n'en voulait donner leur propre intention.
» Mais ce n'est pourtant pas que je sois insensible ;
» Ma satisfaction à vos yeux est visible.
» Quand vous êtes venu devant moi vous offrir,
» J'ai goûté dans mon ame alors quelque plaisir
» De vous voir entreprendre un acte de courage
» Qui d'un cœur magnanime est le noble partage.
» Mon infortune ici vient trop vous émouvoir ;
» Mais, je vous en conjure, ah ! cessez de me voir !
» Laissez-moi soutenir les malheurs que j'éprouve,
» Et cachez l'intérêt que dans vous je retrouve »
    « Non, dis-je à Callisthène, ah ! je veux, chaque jour,
» Payer à vos vertus tout mon tribut d'amour !
» Si le prince voyait les ames vertueuses
» Abandonner ici vos leçons généreuses,
» Le remords n'aurait plus d'empire sur son cœur,
» Il vous croirait coupable, en ce cruel malheur.
» Malgré les châtimens que sa rigueur ordonne,
» Il ne verra jamais que je vous abandonne. »

« C allisthène un jour dit : « Les Dieux m'ont consolé,
» Un sentiment divin en moi s'est révélé ;
» Il s'est manifesté par des marques certaines ,
». Qui m'ont fait oublier mes plus cruelles peines.
» Dans un songe, j'ai vu le puissant Jupiter ,
» Il descendait vers moi , du sommet de l'Ether.
» Vous étiez près de lui, dans ce moment prospère ;
» En vos mains vous teniez un sceptre tutélaire ,
» Et d'un bandeau royal votre front était ceint.
» Un calme auguste et doux sur vos traits était peint.
» Du roi des dieux alors la voix majestueuse
» Dit de vous : *Il rendra ton existence heureuse.*
» L'émotion venant terminer mon sommeil,
» Ma voix fit des efforts , au moment du réveil,
» Pour prononcer ces mots : *O Jupiter propice ,*
» *Fais que , s'il doit régner , il règne avec justice !*
» Du pouvoir souverain vous serez revêtu :
» Puisque je souffre tant ici pour la vertu,
» Sans doute auprès des dieux mon cœur a trouvé grace,
» Croyez à vos destins , que ma bouche retrace. »
« Cependant, Alexandre , à qui l'on fit savoir ,
Que j'aimais Callisthène et que j'allais le voir ,
Que je compatissais à sa grande misère ,
Témoigna contre moi sa terrible colère.
« Va combattre, dit-il , contre d'affreux lions,
» Toi qui veux censurer mes justes actions. »
On différa pourtant mon barbare supplice ,
Voulant rendre public ce funeste exercice.

« Le jour qui précéda cet effrayant moment,
J'informai mon ami de cet événement.
« Je vais mourir, lui dis-je, et ma grandeur future
» Ne me semble à présent qu'une illusion pure.
» Croyez que cependant il m'eût été bien doux
» D'adoucir les revers d'un homme tel que vous. »
« Prexaspe, en qui j'avais placé ma confiance,
Me remit un écrit dont voici la substance :
« Si les Dieux, Lysimaque, ont résolu qu'un jour
» Vous deveniez un roi bien cher à leur amour,
» Alexandre ne peut terminer votre vie.
» La volonté des Dieux du succès est suivie. »
« Cette lettre rendit l'espérance à mon cœur :
Faisant réflexion, dans mon pressant malheur,
Que l'homme, quel qu'il soit, est sous la main divine,
Qui toujours, à son gré, ses destins détermine,
Il me vint dans l'esprit de me faire un devoir
De suivre mon courage, et non pas mon espoir,
En défendant avec beaucoup de hardiesse
Ma vie, où s'attachait une grande promesse.
« Dans l'arène bientôt je me vois amené ;
De spectateurs nombreux je suis environné.
On me lâche un lion, dont la gueule écumante,
Certes, pouvait porter dans mon cœur l'épouvante.
J'agis avec sang-froid, dans ce grand embarras ;
Alors de mon manteau j'enveloppe mon bras :
Ce bras, je le présente à l'animal horrible ;
Il veut le dévorer : dans son effort terrible,

Sa langue je saisis, par mes doigts repliés ;
J'arrache cette langue, et le jette à mes pieds.

« Alexandre eut toujours une ardeur naturelle
Pour les nobles effets d'un héroïque zèle ;
Ce trait qui m'a s'auvé, son ame l'admira :
Dès-lors en ma faveur ce roi se déclara.

« Il me fit appeler, et sa main glorieuse
Vint me presser la main qu'il trouvait courageuse :
« Je te rends pour jamais, dit-il, mon amitié,
» Rends-moi la tienne aussi, que tout soit oublié.
» Mon courroux n'a servi qu'à te faire entreprendre
» Un trait que ne peut point présenter Alexandre. »

« Je reçus de ce roi les bienfaits paternels,
Et j'adorai des Dieux les décrets éternels,
Sans rechercher ni fuir l'effet de leur promesse,
Je cultivais en moi l'amour de la sagesse.
Alexandre mourut. Les nations alors,
D'un maître n'eurent plus à craindre les efforts.
Tous les fils de ce roi se trouvaient dans l'enfance,
Et son frère n'avait aucune intelligence.
Sa mère, Olympias, avait toujours montré
Dans tous ses sentimens quelque chose d'outré.
Sa hardiesse était celle qu'ont en partage
Ceux qui la cruauté prennent pour du courage.
Euridice, Roxane, ainsi que Statyra,
S'affligeaient d'un malheur que rien ne répara.

Dans le palais, chacun accablé de tristesse,
Ne pouvait adoucir de l'état la détresse.
Chacun savait gémir, nul ne savait régner.
Le roi n'avait voulu personne désigner
Pour porter après lui les marques souveraines.
D'Alexandre, l'on vit chacun des capitaines
Vers son trône élever une prétention,
Que de tous arrêta l'égale ambition.
Nous vînmes partager tous ensemble l'empire,
Et chacun de nous crut, quand il se vit élire,
Qu'il partageait le prix de ses rudes exploits.
Le sort nous désigna lui-même par sa voix ;
Il me fit roi d'Asie. A présent ma puissance
Me fait encor bien mieux connaître l'importance
De ce que Callisthène enseigne constamment.
Il vient à moi : sa joie annonce en ce moment
Que mon pouvoir a fait quelque action louable.
Par ses soupirs, il dit à mon cœur favorable
Que quelque mal encor me reste à réparer :
J'entends ce que sa voix ne veut pas déclarer.
Entre mon peuple et moi, toujours il s'interpose,
Et sur son zèle ardent mon sceptre se repose.

Mes peuples ont pour moi beaucoup d'affection,
Ils chérissent aussi ma domination.
Les pères chaque jour font pour mon existence
Les vœux que pour leurs fils ils forment en silence ;

Et ma perte aux enfans causerait la douleur,
Que du trépas d'un père éprouverait leur cœur.
Mes sujets sont heureux, et je le suis moi-même :
Je dois donc m'applaudir de mon pouvoir suprême.

FIN DU CHANT NEUVIÈME.

MONTESQUIEU.

Chant Dixième.

MONTESQUIEU.

Chant Dixième.

Muse ! redouble encor le charme de mes chants,
Viens donner à ma voix des accens plus touchans.
Ici je vais décrire un trait de bienfaisance
Qu'aiment à consacrer les fastes de la France.
Cet acte précieux de libéralité ,
De jour en jour obtient plus de célébrité.
La scène a fait revivre un si parfait exemple ;
Et quand on vient l'offrir à Paris, il rassemble
Un concours distingué de nombreux spectateurs,
Qui d'un si noble trait sont les admirateurs.
 Celui qui peut sauver les jours de son semblable ,
Doit vraiment ressentir un plaisir ineffable :
Il ne peut plus douter de son utilité ;
Il est chéri des siens et de l'humanité ;
Il fait couler alors des larmes de tendresse ;
Il goûte dans lui-même une douce allégresse.

Mais , quand on fait cesser enfin notre malheur ,
On est sûr d'être ainsi notre vrai bienfaiteur :
On redonne à notre ame une force nouvelle ,
On vient la ranimer d'une flamme plus belle ;
On rend à notre esprit sa première clarté ,
On viént lui redonner de la fécondité ;
On rend l'homme plus doux, comme plus sociable ;
On répand sur notre être un calme inaltérable ;
On rend l'homme à lui-même , en versant dans son cœur
Ce baume que procure un bien consolateur.

Il est doux de bénir les ames généreuses ,
Qui sont à sécourir toujours ingénieuses.
Marseille , ton beau sol vit un cœur bienfaisant
Exercer dans tes murs un acte intéressant ,
Qu'il parvint à cacher par cette modestie
Qu'aux sublimes mortels le ciel a départie ,
Comme un bel attribut de la divinité ,
Pour voiler les bienfaits que répand leur bonté.

Resplendissante mer , ô Méditerranée !
L'Océan voit en toi sa fille fortunée.
Phébé n'exerce point d'empire sur ton cours ,
Et dans ton sein naquit la mère des amours.
Par son souffle divin tes rives parfumées,
De bonheur, de plaisir, se trouvent animées.
Tout sait ici charmer les yeux du voyageur ;
Qui trésaille en voyant ce spectacle enchanteur.
Sur ton rivage on voit , ô fertile Provence !
Tout ce que la nature a de magnificence :

Là le cep de Madère et le cep de Délos
S'élèvent à côté du cep de Ténédos ;
Pomone t'apporta , des rives étrangères ,
Les plantes qu'à nos goûts elle sait rendre chères.
Ton soleil radieux , et mûrit et colore
Les délicieux fruits des climats de l'aurore.
Dans tes vallons on voit le verdâtre olivier
Marier ses rameaux à ceux de l'amandier ;
La grenade vermeille et la figue sucrée
S'y trouvent à côté de l'orange dorée.
Les chants voluptueux des nymphes de ces bords ,
Dont la tendresse même a dicté les accords ;
Cet accent phocéen que la douce Ionie
Rendit si favorable à la belle harmonie ,
Font retentir les airs de sons mélodieux ,
Réjouissent la terre, et plaisent même aux cieux.
    Écoutons ce récit, qu'un auteur estimable
A tracé d'un bienfait touchant et mémorable ;
En offrant au lecteur cette narration ,
Je vais en conserver toute l'expression :
    « Un jeune Marseillais , animé d'un beau zèle ,
Attendait que l'on vint entrer dans sa nacelle ;
Un inconnu s'y place, et voulait en sortir ,
Croyant que le patron tarde trop à venir.
Le jeune homme lui dit : Cette barque est la mienne ;
« Ainsi, dans vos projets, que rien ne vous retienne ;
» Faites-moi le plaisir de rester à son bord :
» Désirez-vous, Monsieur, qu'elle sorte du port ? »

—Non, Monsieur, le soleil qui vient de disparaître
Fait que bientôt la nuit va commencer à naître.
En me rendant ici, j'ai seulement dessein
De parcourir un peu ce superbe bassin.
La fraîcheur, la beauté qu'offre cette soirée,
Fait goûter à mon ame une joie épurée...
Mais vous n'avez pas l'air que montre un marinier,
Vous n'avez pas le ton des gens de ce métier.
—Ce n'est pas là non plus l'état que je pratique;
A gagner de l'argent, dans ce port je m'applique
Les fêtes, le dimanche, et non les autres jours.
—Que peut signifier un semblable discours?
Quoi! vous êtes avare au printemps de votre âge!
Cela vient déparer le touchant avantage
Qu'offre votre jeunesse, unie à la candeur.
—Ah! Monsieur, ce soupçon est pénible à mon cœur!
Si vous saviez pourquoi je mets tant d'importance
A faire quelque gain, dans cette circonstance,
Vous n'ajouteriez point à mon triste embarras
Le chagrin de me croire un sentiment si bas.
—J'ai pu vous offenser : vos raisons, que j'ignore,
Ont pour objet, peut-être, un but qui vous honore.
Promenons-nous ; veuillez ici me raconter
Votre histoire; je vais me plaire à l'écouter.
Cet inconnu s'assied, et poursuit de la sorte :
Quels que soient vos chagrins, dites-les moi, n'importe;
Au plus tendre intérêt vous m'avez disposé.
Je n'en ai qu'un, lui dit le jeune homme sensé,

Celui d'avoir un père esclave en Barbarie ;
Et de ne voir jamais sa personne chérie.
Courtier dans cette ville, il s'était procuré,
Par son économie, un profit modéré.
Sur un vaisseau, chargé pour un port de la Grèce,
Il prit un intérêt, son unique richesse ;
Et lui-même, il voulut se rendre sur les lieux,
Pour y voir opérer l'échange sous ses yeux.
Mais bientôt le vaisseau fut pris par un corsaire,
Qui soudain conduisit mon infortuné père
Au royaume de Fez, et l'équipage aussi :
Des Maures, à présent, il est à la merci.
Vous pouvez bien penser que son malheur m'afflige ;
Mais, pour le renvoyer à Marseille, on exige
Une rançon montant à deux milliers d'écus.
Mais je vois que, malgré mes travaux assidus,
Je suis bien loin d'avoir la somme nécessaire
Pour former en entier ce précieux salaire.
Cependant, à l'effet d'atteindre à ce produit,
Et ma mère et ma sœur travaillent jour et nuit.
Dans mon état, qui tient à la bijouterie,
Je partage leur zèle et leur ardeur chérie :
Et, par le but constant de ces louables soins,
Nous avons retranché sur nos premiers besoins ;
Une petite chambre est notre asile unique.
Je résolus un jour de partir pour l'Afrique,
De délivrer mon père et de prendre ses fers ;
Mais je ne pus, hélas ! terminer ses revers.

10

De ce projet, ma mère alors fut informée :
Sa tendresse pour moi se trouvant alarmée ,
Elle me remontra l'impossibilité
D'obtenir à mon père ainsi la liberté ;
Et fit bientôt défendre à tous les capitaines ,
Dont les vaisseaux allaient aux rives africaines ,
De me prendre à leur bord.—Ce père, en son ennui,
Vous fait-il parvenir des nouvelles de lui ?
Quel est de son patron le nom , la résidence ?
Comment est-il aussi traité sous sa puissance ?
—Son patron est du roi l'intendant des jardins :
Mon père est dirigé par des soins doux, humains.
Mais nous ne sommes pas auprès de sa personne,
Il semble qu'en ces lieux la terre l'abandonne.
Par nous , il ne peut point être là consolé ;
D'une épouse bien chère il se voit isolé ;
Et de ses trois enfans, qu'il aime avec tendresse,
Il ne peut pas ici cultiver la jeunesse.
—Quel est le nom qu'il porte en sa captivité ?
—Le même qu'il avait au sein de la cité ;
Il s'appelle Robert.—Robert...à l'intendance....
—Oui , Monsieur.—Recevez, en ce jour, l'assurance
Que de votre malheur je me trouve touché.
Votre ingénu récit m'a beaucoup attaché.
D'après vos sentimens, qui sont très-estimables ,
J'ose vous présager des destins favorables.
Je désire beaucoup vous voir un meilleur sort....
En jouissant du frais, au milieu de ce port,

J'ai voulu me livrer, sans nulle inquiétude,
Au charme qu'à mon cœur donne la solitude ;
Permettez, mon ami, que, sans difficulté,
Je goûte dans ce lieu quelque tranquillité.
    La nuit étant venue, on aborde au rivage.
L'inconnu ne s'est pas expliqué davantage.
A Robert il remet une bourse, en partant,
Et, précitamment, il s'éloigne à l'instant.
De ce bienfait, Robert voit la grande importance :
Quatre cents francs en or en forment la substance.
Ce trait si généreux, qu'il nous faut admirer,
Fait au jeune Robert vivement désirer
De rendre à l'inconnu des actions de graces ;
Mais il ne parvient pas à découvrir ses traces.
    Deux mois sont écoulés depuis le doux moment
Où vient de se passer un tel événement.
La famille Robert, qui faisait sans relâche
Tout ce que demandait son estimable tâche,
Prenait à l'ordinaire un bien léger repas,
Quand heureusement vient porter chez lui ses pas,
Celui qu'elle croyait pour long-temps bien loin d'elle.
Quel est l'étonnement d'une épouse fidèle,
Son bonheur et sa joie, et les tendres élans
Que ce mortel inspire alors à ses enfans !
Il est entre leurs bras, et sur son sein les presse.
A l'embrasser, chacun bien vivement s'empresse.
Ce bon père est ému de tous leurs sentimens,
Et leur fait aussitôt mille remercîmens,

Sur les douze cents francs qu'au sortir d'esclavage,
Il reçut, quand il vint à quitter le rivage;
Sur le soin qu'on a pris de le faire vêtir
Très-convenablement, avant que de partir;
Sur les fonds affectés à payer son passage,
Et d'autres dons encor, faits à son avantage.
Il ne sait point comment reconnaître, en ce jour,
Un zèle si parfait, un si touchant amour.
　Sa famille est surprise, immobile, muette;
Elle ignore, en effet, cette faveur secrète :
L'un l'autre se regarde, et reste confondu;
Mais par la mère enfin ce silence est rompu :
Elle pense à son fils, elle raconte au père,
Par quel beau dévoûment, par quelle ardeur sincère,
Ce jeune homme voulut aux dangers s'exposer,
Pour aller promptement le voir, le remplacer;
Elle lui dit comment, par un motif bien sage,
Elle fit refuser à son fils le passage,
Le malheur est, dit-elle, une grande leçon.
Six mille francs étaient le taux de la rançon;
Nous n'avions pas alors la somme réclamée,
Elle était en nos mains plus d'à moitié formée.
La majeure partie encore était le fruit
Des peines que Robert se donnait jour et nuit.
Peut-être a-t-il trouvé quelque ami secourable.
Mais au père ceci parait fort peu croyable.
Rêveur et taciturne, il reste stupéfait;
Puis il dit à son fils : » Malheureux, qu'as-tu fait?

Comment puis-je devoir à toi ma délivrance,
Et ne pas regretter beaucoup ton influence ?
Comment pouvait-elle être un secret absolu,
Sans qu'on l'eût achetée au prix de la vertu ?
Je frémis de penser que l'amour paternel,
Voulant me secourir, t'a rendu criminel.
Rassure-moi, sois vrai ; mourons tous cinq ensemble,
Si dans toi je n'ai plus un fils qui me ressemble. »
« Mon père, lui dit-il, alors en l'embrassant,
Ce que je vais répondre est bien tranquillisant.
Que votre volonté de mon sort soit l'arbitre !
Non, votre fils n'est pas indigne de ce titre.
Il n'a pas le bonheur d'avoir pu vous prouver
Combien il le chérit et le veut conserver.
Ma main n'a point brisé les nœuds de votre chaîne ;
De votre bienfaiteur j'ai l'indice certaine.
Souvenez-vous, ma mère, en cette occasion,
De l'inconnu qui fit une bonne action :
De quelques questions sa bonté fut suivie.
A le chercher partout je passerai ma vie ;
Et, le trouvant enfin, ce mortel généreux
Viendra jouir ici d'un spectacle joyeux. »
A son père il raconte ensuite l'aventure
Concernant l'inconnu. Son père se rassure.
    Robert, à sa famille heureusement rendu,
Trouve dans ses amis un secours étendu.
Le succès a passé toute son espérance :
Au bout de deux ans même il se voit dans l'aisance.

Et, depuis son retour, sa respectable main
A conduit ses enfans à l'autel de l'hymen.
Ils joignent leur bonheur à celui de leur père,
Et partagent aussi le bonheur de leur mère.
Rien ne manquerait plus à leur félicité ,
Si, du jeune Robert, toute l'activité
Avait pu découvrir ce bienfaiteur modeste
Auquel ils doivent tous une faveur céleste.
Sur le port de Marseille, il le rencontre enfin ,
Qui se promenait seul, un dimanche , au matin.
Il reconnaît en lui le sauveur de son père ;
Il s'écrie aussitôt : ah ! mon dieu tutélaire !
C'est tout ce qu'il peut dire, en cet heureux moment.
Il se jette à ses pieds, et perd le sentiment.
Mais à le secourir cet inconnu s'empresse,
Et fait voir qu'à son sort lui-même s'intéresse.
Il demande au jeune homme, avec affection ,
Ce qui vient de causer sa grande émotion.
—Quoi ! sa cause de vous peut-elle être ignorée,
Vous, dont la grandeur d'ame est par moi révérée ?
Un hommage bien pur ici vous est offert :
Avez-vous oublié la famille Robert,
Dont votre noble main ranima l'existence,
En lui rendant son père, avec munificence ?
—C'est vous méprendre ici, que de me faire honneur
D'un acte dont tout autre est je le crois l'auteur.
Je ne vous connais point, votre erreur est extrême ,
Et ne suis pas connu sans doute de vous-même.

Étranger à Marseille, on m'y voit rarement,
Je n'y suis que depuis peu de jours seulement.
—Cela se peut, Monsieur ; mais que votre mémoire
Se souvienne d'un trait pour vous bien méritoire.
Je vais succinctement chercher à signaler
L'objet qu'à votre esprit mon cœur veut rappeler.
Et d'abord, il s'agit de cette promenade
Que, voilà bien deux ans, vous fîtes dans la rade ;
Du touchant intérêt qu'en parcourant ce port,
Votre ame généreuse y sut prendre à mon sort,
Et des renseignemens que votre bienfaisance
Voulut avoir de moi, pour guérir ma souffrance.
De mon père chéri, noble libérateur,
De sa famille encor vous êtes le sauveur.
Pour combler le bonheur qu'offre notre existence,
Il manque uniquement votre douce présence.
Ne vous refusez pas, je vous prie , à nos vœux ;
Venez voir les mortels qui par vous sont heureux...
—Je vous l'ai dit, je vois ici quelque méprise.
—Monsieur, votre propos excite ma surprise :
Je ne me trompe point, vous même le savez ;
Vos traits, qui dans mon cœur sont fortement gravés,
Me font bien justement ici vous reconnaître.
Venez, je vous conjure, auteur d'un grand bien-être !
En même temps Robert tâchait de l'entraîner.
On s'assemble autour d'eux, on paraît s'étonner.
L'inconnu prend un ton et plus grave et plus ferme.
Votre effort doit, Monsieur, dit-il, avoir un terme.

Cette scène commence à fatiguer mon cœur.
Quelques traits ressemblans vous mettent dans l'erreur :
Rappelez la raison, votre état la réclame ;
Que la tranquillité vienne calmer votre ame ;
Près de votre famille il vous faut retourner.
—Ma gratitude ici peut vous importuner,
Dit alors le jeune homme, et votre résistance
Vient altérer l'effet de votre bienfaisance.
Resterai-je à vos pieds infructueusement ?
Et refuserez-vous, hélas ! cruellement,
Le tribut que réserve à votre ame inflexible
Une famille entière, à vos dons si sensible ?
Et vous, en cet endroit qui vous trouvez présens,
Et pour qui mes efforts semblent intéressans,
Vous, qu'attendrit mon trouble et mon désordre même,
Aidez-moi tous à vaincre une rigueur extrême,
En fléchissant enfin l'auteur de mon salut :
Vos efforts, joints aux miens, vont atteindre ce but.
A ces mots, l'inconnu, craignant cette influence,
Paraît visiblement se faire violence ;
Mais à l'instant qu'il voit qu'on y pense le moins,
Il conçoit le dessein d'échapper à leurs soins.
Il reprend son courage et ranime ses forces,
Pour, d'un plaisir bien pur, éviter les amorces.
Il écarte la foule, avec vivacité,
Et disparaît bientôt, par sa célérité.
　　Pour nous cet inconnu ne serait qu'un mystère,
Si, quand de tous ses biens on faisait l'inventaire,

On n'eût trouvé, parmi ses papiers différens,
Un billet qui portait six mille cinq cents francs.
Cette somme, elle était tout-à-fait employée;
En Espagne elle fut, dans le temps, envoyée.
Le billet se trouvait très-dûment acquitté;
Mais on voulut pourtant, par curiosité,
S'informer de l'emploi d'une somme aussi forte;
Et, pour s'en éclaircir, on s'y prit de la sorte :
A Cadix donc alors on écrivit soudain,
Et le banquier fameux, appelé Monsieur Main,
Répondit que des fonds il avait fait usage,
Afin de délivrer des fers de l'esclavage
Un Marseillais, connu sous le nom de Robert,
Lequel, à Tétuan, son sort avait souffert.
Et, pour plus de détails, il ajoutait encore
Qu'il avait fait passer la rançon chez le Maure,
D'après l'ordre donné pour le désigné lieu,
Par Charles Secondat, baron de Montesquieu.
L'histoire nous apprend que ce grand personnage
Trouvait à voyager un bien doux avantage.
A Marseille souvent il visitait sa sœur,
Madame d'Héricourt, femme chère à l'honneur.

FIN DU DIXIÈME ET DERNIER CHANT.

ERRATA.

Page 3, vers 18, grand maux, *lisez :* grands maux.
Page 4, vers 3, mieux juger, *lisez :* bien juger.
Page 6, vers 9, En puisant, *lisez :* Venant puiser.
Page 22, après le 12° vers, *placez ces deux vers-ci, formant alinéa :*

Qu'un mortel qui chérit vraiment l'instruction,
Ne peut jamais rester sans occupation.

Page 38, vers 12, male, *lisez :* mâle.
Page 68, vers 26, qu'elle, *lisez :* quelle.
Page 71, vers 24, au lieu d'une virgule, *mettez :* ;
Page 85, après le dernier vers, *placez ceux-ci :*

Qu'il approche de lui le mérite et l'honneur;
De son peuple ils pourront faire aussi le bonheur.

Page 87, supprimez le 13° vers, et *remplacez-le par :*

Un asile, toujours plein d'écueils et d'orages.

Page 103, au dernier vers, ta flamme, *lisez :* sa flamme.
Page 113, vers 13, diffâmer, *lisez :* diffamer.
Page *ibid.* vers 19, n'a pas, *lisez :* n'a point.
Page 115, vers 2, n'annoblissez, *lisez :* n'ennoblissez.

)